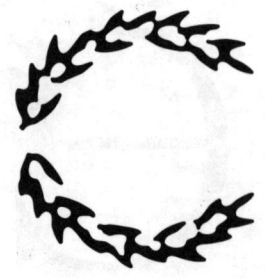

TRADUÇÕES
RÉGIS MIKAIL
(ARRIA MARCELLA)
KARINA JANNINI
(OS MORTOS SÃO INSACIÁVEIS)

PREFÁCIO
LUCIANA SADDI

FANTÁSTICAS

VOLUME I
ANTOLOGIA

ARRIA MARCELLA
THÉOPHILE GAUTIER

OS MORTOS SÃO INSACIÁVEIS
LEOPOLD VON SACHER-MASOCH

ESTÁTUA DE NEVE
DÉLIA/MARIA BORMANN

ERCOLANO

TÍTULOS ORIGINAIS *I. Arria Marcella: souvenir de Pompéi,*
II. Die Toten sind unersättlich III. Estátua de neve

© Ercolano Editora, 2024
© Traduções Régis Mikail e Karina Jannini
Esta publicação segue as normas do Acordo Ortográfico da Língua Portuguesa, Decreto nº 6.583, de 29 de setembro de 2008.

DIREÇÃO EDITORIAL
Régis Mikail
Roberto Borges

PREPARAÇÃO DE TEXTO
Helô Beraldo

REVISÃO DE TEXTO
Carina de Luca

ILUSTRAÇÃO DA CAPA
Allegorical image of a king surrounded by skulls, a woman surrounded by a garland, with three men below; realizada por Carl Heinrich Schmolze, 1864.

PROJETO GRÁFICO
Estúdio Margem

DIAGRAMAÇÃO
Joyce Kiesel

Todos os direitos reservados à Ercolano Editora Ltda. © 2024.
A reprodução não autorizada desta publicação, no todo ou em parte, e em quaisquer meios impressos ou digitais, constitui violação de direitos autorais (Lei nº 9.610/98).

AGRADECIMENTOS

Beatriz Reingenheim, Carolina Pio Pedro, Christian Begemann, Daniela Senador, Eduardo de Santhiago, Láiany Oliveira, Mariana Abreu, Mila Paes Leme Marques, Ricardo Domeneck, Victoria Pimentel, Vivian Tedeschi.

SUMÁRIO

08 PREFÁCIO FANTÁSTICAS DIVAS • LUCIANA SADDI

•

26 ARRIA MARCELLA • THÉOPHILE GAUTIER

•

66 OS MORTOS SÃO INSACIÁVEIS • LEOPOLD VON SACHER-MASOCH

•

110 ESTÁTUA DE NEVE • DÉLIA/MARIA BORMANN

PREFÁCIO

FANTÁSTICAS DIVAS

LUCIANA SADDI[1]

[1] Luciana Saddi é psicanalista e escritora. Membro efetivo e docente da Sociedade Brasileira de Psicanálise de São Paulo (SBPSP). Mestre em Psicologia pela PUC-SP. Autora de *Educação para a morte* (Ed. Patuá) e coautora dos livros *Alcoolismo*, da série O que fazer? (Ed. Blucher) e *Maconha: os diversos aspectos, da história ao uso*. Fundadora do Grupo Corpo e Cultura. Coordenadora do Programa de cinema e psicanálise da diretoria de cultura e comunidade da SBPSP em parceria com o MIS e a *Folha de S.Paulo*.

Amor, que a amado algum perdoa.

Dante Alighieri,
A divina comédia

INTRODUÇÃO

Octavio Paz, em *O arco e a lira*, afirmou não existir sociedade sem palavra poética. A poesia, diz ele, transmuta o instante pessoal ou coletivo em arquétipo e, por essa razão, é fundante dos povos: "A poesia revela este mundo; cria outro" (Paz, 2013, p. 21). O autor a considerou qualidade essencial da obra literária, podendo estar presente ou ausente tanto no poema quanto em qualquer outro gênero. Foi caracterizada como transcendência da temporalidade, elemento de revelação do homem e de sua condição de eterna transcendência, além de ser dotada em si mesma da capacidade de revelar a História, a organização social dominante do período em que a obra foi escrita, e de estabelecer ligações com outras obras e gêneros literários.

Toda obra literária revela uma maneira particular do ser histórico, possui realidade histórica e função em qualquer sociedade — não importa o gênero. Paz (2013) reitera a ideia hegeliana de que não há sociedade sem épica. A épica típica da modernidade foi o romance: o romance revelou a modernidade, ao passo que a modernidade o fez de maneira indissociável, revelando também, com certeza, o neurótico, personagem por excelência do gênero inaugurado por Cervantes em *Dom Quixote*, que apresenta humor e subjetividade crítica. O romance, ente impuro, além de romper com as convenções e os limites dos gêneros literários, colocou sob suspeita não apenas a realidade da realidade, mas também a realidade de seus personagens. Segundo Paz (2013, p. 224), "[a] poesia do passado consagra os heróis, chamem-se estes Prometeu ou Segismundo, Andrômaca ou Romeu. O romance moderno os examina e os nega, mesmo quando se apieda deles".

Homem e mundo se tornam vacilantes — o romance aponta esse movimento — ao repetir a condição neurótica de eterna dúvida de si e do mundo. A dicotomia instalada por Sigmund Freud entre a consciência e o inconsciente sobrepõe outra cena e outro espaço entre mundo interno e realidade social, parecendo ser o espaço habitado tanto pelo neurótico quanto pelo romance.

Nas neuroses de modo geral, as fantasias ganham *status* de realidade, a realidade ganha *status* de ficção e tudo se torna criticável, intercambiável, questionável. Sob um infindável movimento autoteorizante, o neurótico é o herói do romance, é aquele que se deita no divã e é também o homem da modernidade que vive no tempo da psicanálise. Segundo Mariano Horenstein (2012, p. 28), "Em sua condição fractal, a psicanálise permite observar, sob o microscópio de cada cura, a mesma estrutura que governa a experiência em termos de época". Podemos afirmar, portanto, que o neurótico encarna simultaneamente o tempo da modernidade e o romance.

‡

O CONTO

Mas e o conto? O conto se consolida como literatura também na Idade Moderna, e no Renascimento ganha preocupações estéticas. É difícil definir suas características: narrativa concentrada, com variedade de temas e liberdade de estrutura; apresenta certa ruptura com a linguagem e com a narrativa tradicional, de modo que a frase se torna mais curta e a comunicação, mais breve. O relato condensado e penetrante compreende que o tempo do homem se encurtou e que também é fruto desse mesmo fenômeno. Segundo Maria Rita Kehl (2001), o conto trai as regras do romance, revela seus truques, mas, principalmente, tem a elegância de ser conciso.

É amplamente reconhecida a importância histórica da expansão da imprensa escrita na divulgação e proliferação do gênero. De acordo com Italo Calvino (1993), o conto ganha maior expressão literária nos séculos XVIII e XIX, principalmente se considerarmos o subgênero fantástico. Reforça-se aí a ideia de que cada época consagra determinado gênero. Importante ressaltar que o entrelaçamento observado entre expressões culturais, sofrimentos individuais, formas de sexualidade e violência, manifestações sociais e produções artísticas também mereceu o interesse de Freud desde as primeiras horas de existência da psicanálise.

☦

O CONTO FANTÁSTICO

O conto fantástico nasce do confronto entre a realidade do mundo em que vivemos e a realidade do mundo do pensamento que nos habita, inspira e comanda. Elementos extraordinários, possíveis projeções mentais, são ocultados pela banalidade cotidiana. A crise da realidade, apontada por Paz e retratada no romance, adquire outros contornos, menos os de uma realidade vacilante e mais os de um mundo paralelo, como se outra cena, em outro mundo, lograsse do mesmo *status* de realidade que a realidade cotidiana. Ainda que haja na outra cena terror sobrenatural e mistério, não parece haver conflito entre as realidades. Não há questionamento do *status* delas, que permanecem paralelas e desfrutáveis, uma ao lado da outra. O elemento "espetaculoso" que compõe a cena insólita e complexa é essencial à narrativa fantástica.

☦

HOMEM E EROTISMO EM CONTOS REALISTAS E FANTÁSTICOS

Se o conto aponta para uma mudança da relação do homem com a temporalidade, os contos do presente volume parecem aludir à transformação da relação do homem consigo mesmo, e não apenas com o tempo. Sugerem, em detrimento do neurótico como o sujeito que encarna o romance, o perverso, estrutura clínica formada por Eus divididos e sobrepostos, em recusa à realidade. Não se trata, segundo Freud (1927/1996f), do conflito, típico sintoma das neuroses, e sim de uma nova ordem diante da castração. É o regime em que duas verdades opostas convivem simultaneamente sem conflito. Separadas pela conjunção adversativa "mas", essas duas verdades formam uma oposição que não gera atrito entre os termos. Recusa-se parte da realidade para repudiar o temor à castração. No fetichismo, a ausência de pênis da mulher é intolerável. Portanto, na relação sexual, substitui-se uma realidade insuportável por outra. Introduz-se um símbolo do pênis, que passa a ser o componente fundamental da cena sexual, além de garantia de ereção e evidência de que não houve castração. Entretanto, objetivamente, o fetichista sabe da existência da vagina e nela goza desde que um objeto substituto fálico o resguarde do intolerável temor.

As perversões sexuais, inclusive o fetichismo, são compostas de cenas montadas, repetidas e organizadas. Nesses quadros diagnósticos, os objetos sexuais se desviam dos usuais — podem ser cadáveres, animais, peças de vestuário, fezes e urina. O olhar e o exibir-se ganham mais importância que o coito: substituem-no. Causar ou sentir dor equivalem à excitação sexual. O controle da cena erótica e a garantia do gozo são os fundamentos essenciais das perversões e partilham com o conto fantástico o elemento "espetaculoso", teatral, sem lampejos de linguagem ou de pensamento. Há pouca manipulação da palavra ou inovação narrativa, pois o movimento se centra na figuração, com sequências de imagens para criar um espaço sobrenatural de aparições-fantasma ou visionárias. Se fôssemos nos referir à sexualidade nesses mesmos moldes, diríamos que na perversão sexual encontramos um erotismo não apenas preconcebido, mas repetido, que expõe uma fantasia sexual dominante e congelada, sem risco nem mistério, encenada repetidamente para garantir o gozo e o controle da cena sexual. A exploração erótica, a troca inesperada de carícias, a incerteza do gozo, típica do neurótico, são fatores substituídos pela certeza orgástica, que expulsa a angústia de castração da sexualidade.

Os contos apresentados no presente volume, de maneira geral, discorrem sobre formas de amor e sexualidade. Falam do amor no século XIX, de formas de encarar sexualidade e erotismo; embora, em razão da qualidade literária deles, transcendam o próprio tempo histórico. Nem todos correspondem ao gênero fantástico, mas com certeza se referem aos fantasmas sexuais da época. Identificamos a perversão sexual e o erotismo perverso com o jogo de repúdio à castração, num gradiente variado, a atravessá-los. A ordem dos contos aqui apresentada vai ao encontro da crescente presença e da aceitação da dupla sombria e socialmente repudiada: sexualidade e perversão.

Fabio Herrmann (1985) dizia que em cada cotidiano, ou seja, em cada porção do mundo — não há dúvida de que os contos desse volume sejam alguma porção do mundo —, é preciso levar em conta seu regime de pensamento, afinal, deve-se considerar que esse elemento não está desarraigado dos sujeitos individuais. Os contos selecionados revelam algo do regime de pensamento do homem, do mundo e do tempo em que foram gestados.

No primeiro conto, *Arria Marcella*, de Théophile Gautier (1811-1872), renomado escritor francês, pouco conhecido no Brasil, publicado na *Revue de Paris* em 1852, observa-se um paralelo entre a exploração do sítio arqueológico e as formas de sexualidade masculina. Os três *loci* onde a trama se passa são tratados de forma equivalente: o museu de Nápoles, o sítio arqueológico de Pompeia e Pompeia rediviva. Postos lado a lado, ainda que o terceiro pareça fruto da imaginação, ganham *status* de realidade. O jogo entre morte, sepultamento, sexualidade, fogo e congelamento atravessa a trama e está presente nos três ambientes — fala-se sobre a "grande forja do Vesúvio" (p. 31); o fogo eternizou Pompeia; vida urbana congelada, submersa e intacta. Exalta-se o "estado de mitologia" (p. 33) da cidade greco-romana.

Três amigos visitam o cemitério do sítio arqueológico de Pompeia com "leda curiosidade e feliz plenitude de existência" (p. 36), sem a típica repulsa à morte dos cemitérios cristãos. Antes, um dos três jovens personagens do conto, Octavien, percorria o *Museo degli Studi*, onde se encontram inúmeras peças da cidade sepultada pelo Vesúvio, quando então se apaixona por um pedaço de cinza preta coagulada, com impressão côncava, semelhante ao molde de uma estátua quebrado pela fundição da peça. É o cálice de algum seio excepcionalmente belo; eternidade da beleza, cinzas do vulcão, gases venenosos e um fragmento de corpo perene congelado no tempo pela lava escaldante em Pompeia, cidade soterrada. É o cemitério da vida urbana, mumificação da vila greco--romana que confunde vida e morte.

Gautier discorre sobre as diferentes formas de amor dos amigos. Um se acendia apenas pela beleza e juventude, "mais tocado pelo corpo" (p. 41) que pela classe social ou vestimenta. O narrador faz questão de reafirmar que o jovem era considerado excêntrico, embora essas opiniões fossem "deveras razoáveis" (p. 42). O outro somente amava para se impor às mulheres que o repeliam; amava mais a arte de seduzir, que exigisse o máximo de si, do que alguma mulher específica — tal qual um caçador que se desinteressa pela presa assim que a abate. O terceiro, nosso Octavien, "gostaria de remover seu amor do meio da vida ordinária e transportar a cena para as estrelas" (p. 42-43). Amava o inalcançável, apaixonava-se por tipos femininos consagrados pela arte ou pela história. Outrora, apaixonara-se por estátuas e até fora seduzido pela exumação de mulheres; na verdade, ao observar cabeleiras exumadas, compôs um delírio de paixão ao recriar as portadoras daqueles cabelos.

O encanto pela morte congelada no tempo, representada por Pompeia, o conto. A impossibilidade de realizar o amor se torna central quando Octavien é transportado para outra cena e tempo — descritos com elevada atenção aos detalhes, revelando primor fetichista pelos objetos — para encontrar em plena vida a dona do seio excepcionalmente belo que lhe despertara avassaladora paixão no museu. Ressurge o amor do passado, parcial, o pedaço de corpo carbonizado revive. O seio ganha existência plena em Arria Marcella e o jovem se fascina com os rituais amorosos romanos. A desenvoltura amorosa da jovem, que antes era molde de seio, lava esfriada, carrega um erotismo peculiar que causa estranhamento. Múmia com apelo erótico, molde carbonizado de parte do corpo conduzido à categoria de objeto sexual, revelando tanto necrofilia pulsante quanto uma carga de fetichismo.

A fantasia sexual — cena composta do pedaço de um molde carbonizado, cadáver e sarcófago de parte do corpo — é dar vida à morta. O leitor transita entre o nojo e o fascínio, de tal modo que o conto fantástico e o erotismo nele contido revelam o jogo da necrofilia e do fetichismo. Freud (1901/1996a) dizia que a neurose é o negativo da perversão quando a repressão sexual sai de cena e a sexualidade é vivida sem a presença de sentimentos de asco, vergonha ou pudor; pelo contrário, é elevada ao sublime. Curiosamente, nesse mesmo conto, observamos não somente a presença do erotismo proibido, mas a repetição da interdição sexual na figura do pai da jovem, já influenciado pelo cristianismo, que retorna e proíbe a sexualidade livre e pagã dos jovens. O pai que impede o incesto — uma das mais conhecidas figuras da psicanálise, o complexo de Édipo — traz à tona desejos proibidos e objetos sexuais bizarros, além dos garotos heróis que desejaram fazer renascer a corrente erótica em suas mães para tomá-las como objeto de amor.

O segundo conto, *Os mortos são insaciáveis*, do escritor austríaco Leopold Ritter von Sacher-Masoch (1836-1895), publicado em 1876 na coletânea de contos *Galizische Geschichten* [*Histórias galegas*], também percorre significantes como a morte, o túmulo, a estátua, a frieza, o gelo, o calor, a brasa e a volúpia, mas traz atmosfera de maior liberdade na esfera da sexualidade. Situa-se nos Cárpatos, às portas do então chamado "Oriente", considerado fonte de sabedoria e abundância, em oposição à Alemanha, fechada e triste, que desfruta de prazeres às escondidas. Aponta moças polonesas como objetos sexuais interessantes, além de festas alegres, quase carnavalescas. O flerte e a corte podem ser gozados sem medo. O elemento sombrio presente no conto não encontra nenhuma interdição: o jovem Manwed recebe a bênção do velho guardião para reanimar a bela estátua de mulher no castelo de Tartakov. As descrições das relações sexuais entre a senhora e o jovem são excepcionais: é o delicioso jogo vampiresco conduzido pelas sábias mãos da senhora pálida e fria que introduz o jovem na arte de amar. Este, por sua vez, fisgado pela paixão, pela luxúria e incapaz de renunciar, torna-se escravo voluntário da dama e servo do prazer. Uma vez possuído como objeto, torna-se inerte, após tudo ceder na contenda sexual com a bela mulher de pescoço de mármore, incapaz de vontade própria, "o amor mata, mas desperta para uma nova vida" (p. 120). Masoch traduz a íntima relação entre sexualidade e morte que a necrofilia capta, o fetichismo congela em objeto e a perversão, com seu ritual estático, consagra.

Para Freud (1924/1996e), o masoquismo — manifestamente derivado do nome "Masoch" — expressava a inequívoca ligação entre pulsão de morte e sexualidade. A relação entre erotismo e morte foi também objeto de ensaio de Georges Bataille (1987), que observou haver para os povos primitivos semelhança entre o movimento de devoração do cadáver pelos vermes e a volúpia sexual. O sepultamento dos corpos foi o primeiro tabu, anterior ao do incesto, para impedir a desconcertante e excitante visão da carne humana morta devorada pelos vermes. Posteriormente, o movimento descontrolado do prazer sexual sofreu interdições e regramento.

O terceiro conto, "Estátua de neve", foi publicado em 1890 no jornal *O Paiz*. Escrito por Maria Benedita Bormann (1853-1895) e publicado sob o pseudônimo Délia, é um exemplo da presença feminina na literatura brasileira no fim do século XIX, quando mulheres escreviam sobre sexualidade feminina, casamento e, principalmente, sobre outras mulheres que, à época, despontavam. Há uma aura fantástica de sedução permeando o enredo do conto. Segundo Norma Telles (2012, p. 5-11), as breves narrativas escritas por mulheres nessa época traduziam o pessimismo em encontrar um companheiro para a nova mulher de então. Independência, respeito por si, conhecimento, experiência amorosa e resistência física e intelectual são características que contrastam com ideais de fragilidade e dependência da mulher tão difundidos pela medicina vitoriana, que mostrava a mulher como uma eterna doente.

Esses contos sofreram certo apagamento cultural não apenas por serem publicados principalmente em revistas e jornais, mas por retratarem o anseio de autonomia feminina e a rejeição das práticas sexuais masculinas. É um conto realista, mas apresenta um parentesco temático relevante com os outros dois contos fantásticos publicados nesta coletânea. A mulher fria, que recusa qualquer forma de amor, de um lado, e, do outro, o homem, ensandecido pela recusa, excitado pelo desafio da conquista e por libertá-la da frieza.

Em "Estátua de neve", a recusa, não apenas a do amor, mas a dos homens, compete à personagem Carmen. O significante remete à ópera de Georges Bizet (1838-1875) e à desgraça da paixão, elemento quente e perigoso. O fogo do amor convertido em estátua de neve trai a ideia de frieza, posto que a neve derrete, como já advertia Gregório de Matos (1636-1696) nos versos finais do soneto VII, "Aos afetos, e lágrimas derramadas na ausência da dama a quem queria bem":

Se és fogo, como passas brandamente,
Se és neve, como queimas com porfia?
Mas ai, que andou Amor em ti prudente!

Pois para temperar a tirania,
Como quis que aqui fosse a neve ardente,
Permitiu parecesse a chama fria.

Poucos elementos queimam mais que o gelo. O título do conto de Bormann opera com significantes contraditórios: estátua que se pretende eterna e neve que derrete, perece, transforma-se em água, o que, por sua vez, constrói uma alusão à lubrificação sexual. A apropriação dos elementos contraditórios do Barroco numa narrativa curta, sem colocá-los em conflito nem em resolução ou síntese poética, algo típico do século XIX, sugere semelhança com as características da perversão sexual, em que duas verdades concorrem lado a lado, apontando para a oposição, mas não se conectam nem se atritam. Além dessa caraterística, está presente no conto o amor que jamais poderá ser realizado — a paixão por uma mulher avessa aos jogos de conquista e do amor. Se o primeiro amor dos seres humanos é a mãe, se ela se torna proibida pelo pai ao menino, então amar a mulher fria é garantia de jamais concretizar a paixão proibida. Não se trata de aceitar a castração, mas de reeditar a impossibilidade do sexo sem renunciar ao desejo interditado. Ou seja, o calor da excitação sexual diante do frio cadáver. Desejar salvar a mãe da frieza, quiçá da impotência do pai, fazê-la retornar à vida, tirá-la do mundo dos mortos, é um desejo heroico de salvação que atraiu filhos, homens, amantes e necrófilos ao longo do tempo — e que ainda atrai.

Os três contos jogam com esses elementos, porém o subgênero fantástico os apresenta de forma sombria. Fantasmas e assombrações povoam o desejo, transformando fantasias sexuais em fatos mais que ansiados. No entanto, Masoch parece dar um passo além: libera a luxúria mortífera, supera o medo e a angústia, transforma o vivo em morto, a morta em viva e acentua que vale a pena se submeter à excitação sexual e ao prazer constante. Apresenta a supressão do limite e nos torna incapazes de renunciar a tamanho descalabro. Só nos resta a entrega sem resistência ao prazer infinito de sermos possuídos pelo próprio prazer. Como contrariar esse grande escritor? Quem tiver a sorte de encontrar seu par ninfomaníaco dos "Cárpatos", capaz de espelhar desejo infinito de prazer, que aproveite! A morte pode chegar em breve, mas quem se importa com isso quando se goza ininterruptamente?

☥

MUNDO, HISTÓRIA E HOMEM:
LEITURA FANTÁSTICA PSICANALÍTICA

A obsessão pela morte retratada nos contos parece estar relacionada, de forma imaginária, ao término do Estado Absoluto, que significou o fim de uma era, às guerras napoleônicas que devastaram a Europa e, por fim, à alta mortalidade feminina. Acredito que os escritores captaram o clima de morte da época com seus potentes radares criativos. Recolheram do século XIX os sinais do ambiente social não apenas repressivo à sexualidade, como também extremamente restritivo à mulher. A sexualidade, intrinsecamente ligada à instituição do casamento, era impedida, como demonstraram Peter Gay (1988) e Freud (1908/1996c) a respeito da era vitoriana. Não era possível desfrutá-la antes do matrimônio e assim aprender sobre amor, excitação sexual, desejo. Depois do casamento, quando se tornava permitida, tantos anos de impedimento acabavam por afetar a curiosidade e liberdade para a exploração erótica. Homens pouco preparados e mulheres frias, consequência de tais proibições, eram a maioria. Além disso, as estatísticas da época apontavam para uma taxa de morbidez e mortalidade feminina superior à dos homens: a medicina de então indicava o fatalismo insuperável da natureza feminina. Kehl (1998, *apud* Knibiehler) discorre a respeito da sobremortalidade das meninas a partir dos cinco anos nos países ocidentais, no período oitocentista. As causas confundiam-se com as "precauções". Segundo Knibiehler (Kehl, 1998, p. 77), a dita fragilidade feminina justificava

uma vida menos sadia, alimentação insuficiente a pretexto de ser 'mais leve' (a exclusão de carnes vermelhas na dieta era hábito corrente), falta de exercícios físicos e ar puro — as meninas viviam trancadas em casa —, frequência baixíssima de banhos em nome do pudor (uma vez por mês após o período menstrual, escreve a autora), além de, muito frequentemente, uma negligência maior nos cuidados maternos e uma acolhida bem menos calorosa desde o nascimento.

Essas jovens, mortas tanto para a vida quanto para o sexo, povoavam o inconsciente coletivo e o imaginário social, bem como corpos despedaçados e amputações típicas dos combates em guerra. Segundo Gay (2000), a era vitoriana soube conjugar repressão sexual, agressividade e morte de maneira típica, além de ter inventado o amor terno, destituído de paixão sexual. Fomentou o duelo, signo violento de honra e nobreza, que perdera o valor no espaço social, mas que se infiltrara na atitude de jovens. Na era burguesa, sexualidade, morte e violência adquiriram características próprias — são os fantasmas, como pano de fundo, que compõem os contos.

Frieza no sexo e mortalidade se entrelaçam. Mulheres e meninas pálidas, frágeis, eternas doentes são transformadas em divas fantásticas. Os cemitérios se tornam lugares encantados e vívidos. Os castelos abandonados por nobres decadentes são recriados com esplendor e cintilam. O escritor criativo, segundo Freud (1907/1908/1996c), não aceita a realidade: pelo contrário, prefere criar outra, mais agradável.

REFERÊNCIAS

BATAILLE, G. *O erotismo*. Porto Alegre: L&PM, 1987.

CALVINO, I. *Por que ler os clássicos*. São Paulo: Companhia das Letras, 1993.

CALVINO, I. *Contos fantásticos do século XIX*: o fantástico visionário e o fantástico cotidiano. São Paulo: Companhia das Letras, 2004.

FREUD, S. Sobre a psicopatologia da vida cotidiana, 1901. *In*: FREUD, S. *Edição standard brasileira das obras psicológicas completas de Sigmund Freud*. Rio de Janeiro: Imago, 1996a. v. 6.

FREUD, S. Três ensaios sobre a teoria da sexualidade, 1905. *In*: FREUD, S. *Edição standard brasileira das obras psicológicas completas de Sigmund Freud*. Rio de Janeiro: Imago, 1996b. v. 7.

FREUD, S. Escritores criativos e devaneio, 1908 [1907]. *In*: FREUD, S. *Edição Standard Brasileira das Obras Psicológicas Completas de Sigmund Freud*. Rio de Janeiro: Imago, 1996c. v. 9.

FREUD, S. Moral sexual civilizada e a doença nervosa moderna, 1908. *In*: FREUD, S. *Edição standard brasileira das obras psicológicas completas de Sigmund Freud*. Rio de Janeiro: Imago, 1996d. v. 9.

FREUD, S. Uma criança é espancada: uma contribuição ao estudo da origem das perversões sexuais, 1919. *In*: FREUD, S. *Edição standard brasileira das obras psicológicas completas de Sigmund Freud*. Rio de Janeiro: Imago, 1996e. v. 17.

FREUD, S. O problema econômico do masoquismo, 1924. *In*: FREUD, S. *Edição standard brasileira das obras psicológicas completas de Sigmund Freud*. Rio de Janeiro: Imago, 1996f. v. 19.

FREUD, S. Fetichismo, 1927. *In*: FREUD, S. *Edição standard brasileira das obras psicológicas completas de Sigmund Freud*. Rio de Janeiro: Imago, 1996g. v. 21.

GAY, P. *A experiência burguesa*: da rainha Vitória a Freud. São Paulo: Companhia das Letras, 1988. v. 2.

HERRMANN, F. *Psicanálise do quotidiano*. 2. ed. Porto Alegre: Artes Médicas, 1997.

HORENSTEIN, M. O vaso e as sementes de girassol: notas para uma tradição que virá. *Calibán: Revista Latino-Americana de Psicanálise*, v. 10, n. 1, p. 27-38, 2012.

KEHL, M. R. *Deslocamentos do feminino*. Rio de Janeiro: Imago, 1998.

KEHL, M. R. Minha vida daria um romance. *In*: BARTUCCI, G. (org.). *Psicanálise, literatura e estéticas de subjetivação*. Rio de Janeiro: Imago, 2001.

MATOS, Gregório de. "Ardor em firme coração nascido". *In*: *Poemas escolhidos*. São Paulo: Cultrix, 1997. p. 218.

PAZ, O. *O arco e a lira*. São Paulo: Cosac Naify, 2013.

TELLES, N. Primeiros passos. *In*: BORMANN, M. B. C. *Estátua de neve*. Intr., atual. e notas Norma Telles, 2012. Disponível em: https://literaturabrasileira.ufsc.br/documentos/?action=download&id=38552. Acesso em: 12 dez. 2023.

NARRATIVA

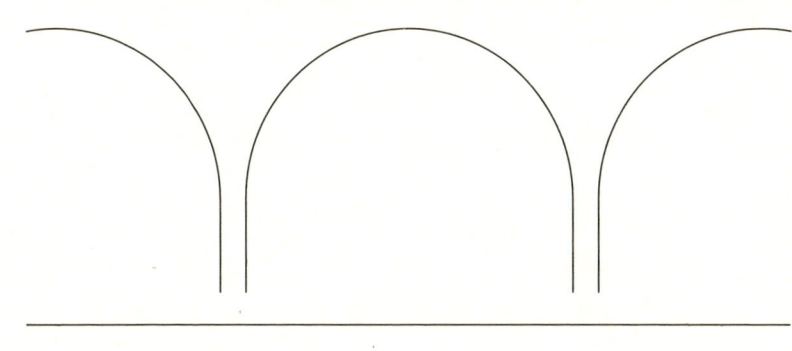

ARRIA MARCELLA
THÉOPHILE GAUTIER

TRADUÇÃO E NOTAS
RÉGIS MIKAIL

TRÊS
JOVENS,
TRÊS AMIGOS
QUE VIAJARAM
JUNTOS
PELA ITÁLIA,
VISITARAM
NO ANO
PASSADO O
MUSEO DEGLI
STUDI, EM
NÁPOLES, ONDE
DIVERSOS
OBJETOS
ANTIGOS,

exumados das escavações de Pompeia e de Ercolano, foram agrupados.

Dispersaram-se pelas salas e observaram os mosaicos, os bronzes, os afrescos destacados dos muros da cidade morta, espalhando-se de acordo com seus caprichos, e quando um deles encontrava algo curioso, chamava por seus companheiros com gritos de alegria, para o grande escândalo dos ingleses taciturnos e dos burgueses em boa situação social que folheavam seus panfletos.

Porém, o mais jovem dos três, parado diante de uma vitrina, parecia não ouvir as exclamações de seus colegas, de tão absorto que estava numa contemplação profunda. O que examinava com tanta atenção era um pedaço de cinza preta e coagulada que tinha uma impressão côncava, algo semelhante a um fragmento de molde estatuário, quebrado pela fundição; o olhar experiente de um artista teria facilmente reconhecido nele o cálice de algum seio admirável e um flanco em estilo tão puro quanto o de uma estátua grega. É sabido — e explicado em qualquer guia de viagem — que essa lava, esfriada à volta do corpo de uma mulher, preservou a silhueta encantadora dela. Graças aos caprichos da erupção que destruiu quatro cidades, aquela forma nobre, reduzida a pó, prestes a completar dois mil anos, veio até nós; a redondeza de uma garganta atravessou séculos, enquanto tantos impérios desapareceram sem deixar rastro! Aquela marca de beleza, posta pelo acaso sobre o piroclasto de um vulcão, não se apagara.

Os dois amigos de Octavien, percebendo-o obstinado em sua contemplação, voltaram a ele, e quando Max encostou em seu ombro, sobressaltou-se como um homem flagrado em seu segredo. Obviamente, Octavien não tinha ouvido nem Max nem Fábio chegarem.

— Vamos, Octavien — disse Max. — Não fique parado assim a cada armário, durante horas a fio, ou vamos perder a hora do trem e não poderemos ver Pompeia hoje.

— O que nosso amigo está vendo? — acrescentou Fábio, que acabava de se aproximar. — Ah, a impressão encontrada na casa de Arrius Diomedes. E lançou uma olhadela rápida e singular a Octavien.

Octavien enrubesceu ligeiramente, tomou o braço de Max, e a visita acabou sem nenhum outro incidente. Ao deixar o *degli Studi*, os três amigos subiram em um *corricolo* e foram levados até a estação de trem. O *corricolo* — com suas grandes rodas vermelhas, sua banqueta constelada de pregos de cobre, seu corcel magro e fogoso, arnesado como uma mula espanhola, correndo a galope sobre largas lájeas de lava — já é demasiado conhecido, de modo que não precisa ser descrito aqui; além do mais, não estamos escrevendo impressões sobre uma viagem a Nápoles, e sim o simples relato de uma aventura bizarra e pouco crível, embora verdadeira.

O trem que se pega para ir até Pompeia costeia em quase todos os momentos o mar, cujas longas volutas de espuma vêm se desenrolar por cima de uma areia enegrecida, parecida com carvão peneirado. De fato, essa margem é composta de um fluxo de lava e de cinzas vulcânicas, e produz, devido a seu tom escuro, um contraste com o azul do céu e com o azul da água; entre todo esse brilho, somente a terra parece reter a sombra.

As cidades pelas quais se passa ou que se margeiam — Portici, famosa pela ópera de M. Auber; Resina; Torre del Greco; Torre dell'Annunziata, cujas casas em arcadas e cujos tetos de terraços podem ser percebidos durante a passagem — têm, apesar da intensidade do sol e do leite de cal meridional, algo de plutônico e de ferruginoso como Manchester e Birmingham; lá, a poeira é preta, uma fuligem impalpável gruda em tudo; sente-se a grande forja do Vesúvio ofegando e fumando a dois passos dali.

Os três amigos desceram na estação de Pompeia, rindo entre si da mistura do antigo com o moderno, apresentada com toda naturalidade pelo espírito destas palavras: *Estação de Pompeia*. Uma cidade greco-romana e um desembarque de *railway*!

Atravessaram o campo de plantação de algodoeiros, sobre o qual volteavam alguns cotões brancos. Ele separa a linha do trem da localização da cidade desenterrada. Pediram um guia na *osteria* construída fora das antigas muralhas ou, a bem da verdade, foram capturados por um guia: uma calamidade difícil de se esconjurar na Itália.

Era um daqueles dias felizes, tão comuns em Nápoles, onde o brilho do sol e a transparência do ar fazem com que os objetos apanhem cores que, no Norte, dão a impressão de serem fabulosas, e que parecem pertencer mais ao mundo do sonho que ao da realidade. Quem quer que tenha visto alguma vez essa luz de ouro e de azul carrega consigo, ao fundo de sua bruma, uma nostalgia incurável.

Após a cidade ressuscitada ter sacudido uma aresta de seu sudário de cinzas, destacou-se com seus mil detalhes sob um dia ofuscante. Ao fundo, o Vesúvio repartia seu cone sulcado em estrias de lavas azuis, cor-de-rosa e lilases através de seus reflexos dourados pelo sol. Uma discreta neblina, quase imperceptível à luz, encapuzava a crista aparada da montanha; à primeira vista, era possível tomá-la por uma daquelas nuvens que esbatem a fachada dos picos elevados, mesmo em dias de tempo sereno. Se observado mais de perto, podiam-se ver tênues filetes de vapor branco saindo do alto do monte, como buracos de um pequeno incensário, reunindo-se, em seguida, em um leve vapor. O vulcão, com boa disposição naquele dia, fumava seu cachimbo com toda a tranquilidade, e se não fosse o exemplo de Pompeia sepultada a seus pés, ninguém acreditaria que seu caráter era mais feroz do que Montmartre; do outro lado, belas colinas de linhas onduladas e voluptuosas como ancas de mulher interrompiam o horizonte; e mais ao longe, o mar, que outrora trazia birremes e trirremes para as muralhas da vila, recolhia sua plácida barra de azul.

O aspecto de Pompeia é dos mais admiráveis; aquele brusco salto de dezenove séculos atrás surpreende mesmo as naturezas mais prosaicas e as menos compreensíveis; dois passos nos trazem da vida antiga à vida moderna, e do cristianismo ao paganismo; logo, quando os três amigos viram aquelas ruas em que as formas de existência desfalecida estão intactamente conservadas, sentiram, por mais que os livros e os desenhos os tivessem preparados para tal, uma impressão tão estranha quanto profunda. Principalmente Octavien parecia impactado pelo estupor e seguia mecanicamente o guia a passos de sonâmbulo, sem escutar a nomenclatura monótona, decorada, que aquele panaca arengava como uma lição.

Ele observava com olhar espantado aqueles carris cavados por carros nos pavimentos titânicos das ruas que pareciam datar de ontem, tamanho era o frescor dos rastros; aquelas inscrições traçadas em letras vermelhas por um pincel cursivo nas taipas das muralhas: cartazes de espetáculos, anúncios de locação, fórmulas votivas, insígnias, reclames de todos os tipos — tão curiosos quanto seria, para os povos desconhecidos do futuro, encontrar dentro de dois mil anos algum pedaço de muro em Paris com cartazes e placas; aquelas casas de tetos desmoronados que deixavam penetrar por uma olhadela todos aqueles mistérios de interior, todos aqueles detalhes domésticos que os historiadores negligenciam, e cujos segredos são carregados pelas civilizações; aquelas fontes quase secas; aquele fórum surpreendido pela catástrofe no meio de alguma indenização, e cujas colunas, de arquitraves inteiramente entalhadas, inteiramente esculpidas, aguardam, em sua pureza de aresta, ser colocadas em seu lugar; aqueles templos devotados a deuses que passaram ao estado de mitologia, e que naquela época não tinham sequer um ateu; aquelas lojas onde só faltavam os vendedores; aquelas tabernas onde ainda se pode ver sobre o mármore a mancha circular deixada pelas taças dos bebedores; aquela caserna com colunas pintadas de ocre e de cinabre que os soldados rabiscaram com caricaturas de lutadores, e aqueles teatros duplos de drama e de canto, justapostos, que poderiam retomar suas representações se, talvez, a tropa que os servia, reduzida ao estado de argila, não estivesse ocupada em embetumar o batoque de um tonel de cerveja ou em vedar uma rachadura na parede como a poeira de Alexandre e de César, segundo a melancólica reflexão de Hamlet.

Fábio subiu pelo *thymele*[1] do teatro trágico enquanto Octavien e Max escalavam até o alto das arquibancadas de pedra. Ali se pôs a dar vazão, com muitos gestos, aos trechos de poesia que lhe vinham à mente, para o grande espanto dos lagartos, que se dispersaram agitando as caudas e metendo-se nas fendas dos assentos em ruínas; e, embora os vasos de cobre ou de terra destinados a repercutir os sons já não existissem mais, nem por isso a voz dele soava menos cheia e vibrante.

Em seguida, o guia os conduziu pelas culturas que recobrem as partes ainda sepultas de Pompeia até o anfiteatro situado na outra extremidade da cidade. Caminharam debaixo daquelas árvores cujas raízes mergulham nos tetos dos edifícios enterrados, desencaixando as telhas, fendendo os tetos, deslocando colunas, e passaram por aqueles campos em que legumes ordinários frutificam sobre maravilhas da arte, imagens materializadas do olvido que o tempo desdobra sobre as mais belas coisas.

O anfiteatro não os conquistou. Eles tinham visto o de Verona, mais vasto e tão bem conservado quanto aquele, e conheciam a disposição das arenas antigas tão a fundo quanto a das praças de touro, na Espanha, todas muito parecidas, a não ser pela solidez, pela construção e pela beleza dos materiais.

Deram então meia-volta e chegaram à rua da Fortuna por um atalho, escutando com ouvidos alheios a fala do cicerone que, ao passar pela frente das casas,

---

1   Altar consagrado a Dionísio nos teatros.

nomeava cada uma delas com o nome que lhe fora dado na ocasião de sua descoberta, segundo alguma particularidade característica: a casa do Touro de Bronze; a Casa do Fauno; a Casa da Nau; o Templo da Fortuna; a Casa de Meleagro; a Taberna da Fortuna, que fica na esquina da rua Consular; a Academia de Música; o Forno Comum; a Farmácia; a Botica do Cirurgião; a Aduana; a Residência das Vestais; a Estalagem de Albino; as Termópolis, e por aí em diante, até a porta que dava para a via dos Túmulos.

Aquela porta de tijolos, encoberta de estátuas cujos ornamentos desapareceram, oferece em sua arcada interior duas ranhuras profundas, destinadas a deixar passar uma grade, como uma torre de menagem medieval à qual se poderia atribuir esse tipo de defesa específico.

— Quem diria — disse Max para seus amigos — que Pompeia, a cidade greco-latina, teria um topo de chaminé tão romanticamente gótico? Imaginem só: um cavaleiro romano, atrasado, tocando o chifre diante desta porta para mandar levantar a grade, igual a um pajem do século XV.

— Nada de novo sob o sol — respondeu Fábio —, inclusive, esse aforismo não é novo, pois Salomão já o formulara.

— Quiçá algo de novo sob a lua! — prosseguiu Octavien, sorrindo com ironia melancólica.

— Meu caro Octavien — disse Max, que durante essa breve conversa havia parado diante de uma inscrição traçada pela rubrica sobre a muralha externa —, você quer ver combates de gladiadores? Vejam só esses cartazes: "Combate e caça na 5ª das nonas de abril"; "Os mastros serão baixados"; "Vinte pares de gladiadores lutarão nas nonas"; "E não se preocupe quanto a abafamento em sua tenda, nós estenderemos os véus"; "A menos que você prefira ir cedinho para o anfiteatro, estes aqui vão cortar as gargantas uns dos outros de manhã", *"Matutini erunt[2]*: mais complacente, impossível".

---

2   "Aqueles que (aqui) serão matinais", em referência aos gladiadores que combatiam de manhã cedo. (Tradução livre.)

Divertindo-se assim, os três amigos seguiram a via contornada por sepulcros que seria, segundo nossa percepção moderna, uma avenida lúgubre para uma cidade, mas que não conferia os mesmos significados tristes para os antigos, cujos túmulos continham, em vez de um cadáver horrível, apenas uma pitada de cinzas, ideia abstrata da morte. A arte embelezava essas últimas moradas e, como diz Goethe, o pagão decorava com imagens da vida os sarcófagos e as urnas[3].

É o que, sem dúvida, fazia com que Max e Fábio visitassem, com leda curiosidade e feliz plenitude de existência, sentimentos que eles não teriam sentido num cemitério cristão, aqueles monumentos fúnebres, tão alegremente dourados pelo sol e que, colocados à beira da estrada, pareciam ainda se conectar com a vida, sem inspirar nenhuma daquelas frias repulsas, nenhum daqueles terrores fantásticos que nossas sepulturas lúgubres nos provocam. Eles pararam diante do túmulo de Mammia, a sacerdotisa pública, perto do qual crescera uma árvore, um cipreste ou um salgueiro; sentaram-se no hemiciclo do triclínio das refeições funerárias, rindo como herdeiros; leram com muita galhofa os epitáfios de Nevoleja, de Labão e da família Arria, seguidos por Octavien, que parecia mais tocado do que seus companheiros, despreocupados com o fado daqueles falecidos de dois mil anos atrás.

Chegaram, assim, à *villa* de Arrius Diomedes, uma das residências mais respeitáveis de Pompeia. Sobe-se até ali por degraus de tijolos e, quando se ultrapassa a porta flanqueada por duas pequenas colunas laterais, depara-se com um vestíbulo semelhante ao *patio* que compõe o centro das casas espanholas e mourescas, que os antigos chamavam de *impluvium* ou *cavædium*; catorze colunas

---

3 GOETHE, Johann Wolfgang. *Gedichte 1800-1832*. Ed.: Karl Eibl. Frankfurt/Main: Deutscher Klassiker Verlag, 1988. p. 208.

de tijolos recobertas por estuque formam, dos quatro lados, um pórtico ou peristilo coberto, semelhante ao claustro dos conventos, sob o qual era possível circular sem se preocupar com a chuva. O pavimento daquele pátio é um mosaico de tijolos e de mármore branco, e seu efeito, suave e brando aos olhos. No meio, uma vasca de mármore quadrilateral, ainda existente, recebia as águas pluviais que esgotavam do teto do pórtico. Aquilo produzia um singular efeito de adentrar assim na vida antiga e de pisar com botas envernizadas sobre mármores gastos pelas sandálias e pelos coturnos dos contemporâneos de Augusto e de Tibério.

O cicerone os levou para dentro da êxedra, ou salão estival, a céu aberto, com vista para o mar, para aspirar o frescor das brisas. Era ali onde se recebia e se fazia a sesta durante as horas causticantes, quando soprava o grande zéfiro africano, carregado de languidezes e de tempestades. Ele os fez entrar na basílica, longa galeria que fornece luz natural aos vestíbulos, e lugar onde os visitantes e os clientes aguardavam ser chamados pelo nomenclador; em seguida, conduziu-os ao terraço de mármore branco, de onde a vista se estende sobre os jardins verdes e o mar azul; depois lhes mostrou o *nymphaeum*, ou sala de banhos, com suas muralhas pintadas de amarelo, suas colunas de estuque, seu pavimento de mosaico e sua banheira de mármore que recebera tantos corpos encantadores, esvaecidos como sombras; o cubículo, em que flutuavam tantos sonhos vindos da porta de marfim, em cujas paredes foram abertas passagens para alcovas, fechadas por um *conopeum*, ou cortina, com seus anéis que ainda jazem no chão; o tetrastilo, ou sala de recreação; a capela dos deuses lares; o gabinete dos arquivos; a biblioteca; o museu de quadros; o gineceu, ou apartamento das mulheres, composto de pequenos quartos parcialmente arruinados, com seus sulcos que conservam traços de pinturas e de arabescos, como maquiagem mal tirada das bochechas.

Terminada aquela inspeção, eles desceram ao andar inferior, pois o chão é muito mais baixo do lado do jardim que do lado da via dos Túmulos; atravessaram oito salas pintadas de vermelho antigo, entre as quais uma é escavada por nichos arquiteturais, como se vê no vestíbulo da sala dos Embaixadores, em Alhambra, e chegaram, por fim, a uma espécie de porão ou despensa, cuja finalidade era claramente indicada por oito ânforas de argila apoiadas contra o muro, e que deviam ter sido perfumadas com vinho de Creta, de Falerna e de Massica, tal qual nas odes de Horácio.

Um vívido raio do dia passava por um estreito respiro obstruído por urtigas, mudava suas folhas atravessadas por luzes em esmeraldas e em topázios, e esse alegre detalhe natural sorria oportunamente através da tristeza do lugar.

— Este é o lugar — disse o cicerone com sua voz mole, cujo tom quase não se harmonizava com os sentidos das palavras — onde foram encontrados dezessete esqueletos, entre os quais o da dama cuja impressão pode ser vista no museu de Nápoles. Ela usava anéis de ouro e os retalhos de sua túnica fina ainda aderiam às cinzas compactadas que mantiveram sua forma.

As frases banais do guia causaram uma vívida emoção em Octavien. Foi mostrado a ele o lugar exato onde esses restos preciosos foram descobertos, e se ele não tivesse sido contido pela presença de seus amigos, teria se entregado a algum lirismo extravagante; seu peito inflava, seus olhos se banhavam de marejadas furtivas; aquela catástrofe apagada por vinte séculos de esquecimento o tocava como uma infelicidade recentíssima; a morte de uma amada ou de um amigo não o teria afligido tanto, e uma lágrima com dois mil anos de atraso caiu enquanto Max e Fábio lhe davam as costas, no lugar onde aquela mulher, pela qual se sentia tomado por um amor retrospectivo, perecera sufocada pela cinza quente do vulcão.

— Basta dessa arqueologia! — gritou Fábio. — Não pretendemos escrever uma dissertação sobre uma jarra ou uma telha do tempo de Júlio César com o intuito de nos tornarmos membros de alguma academia de interior; essas recordações clássicas me dão fome. Vamos jantar, se é que isso ainda é possível, naquela *osteria* pitoresca, onde temo que só nos sirvam bistecas fósseis e ovos frescos, botados antes da morte de Plínio.

— Eu não afirmaria, segundo Boileau: "Às vezes, um tolo *dá abertura a* uma opinião importante[4]..." — disse Max, sorrindo. — Seria desonesto de minha parte, mas essa ideia tem lá seu valor. Porém, seria mais agradável se fizéssemos um belo banquete aqui, num triclínio qualquer, deitados à maneira antiga, servidos por escravos à moda de Lúculo ou de Trimalcião. A bem da verdade, não estou vendo muitas ostras do lago Lucrino; os pregados e os salmonetes do Adriático estão ausentes; o javali da Pulha está em falta no mercado; os pães e os bolos de mel se figuram no museu de Nápoles tão duros quanto pedras ao lado de seus mariscos azinhavrados; o macarrão cru, polvilhado de queijo Caciocavallo, apesar de horrível, é melhor que nada. O que o nosso caro Octavien acha disso?

Octavien, que se arrependia de não ter estado em Pompeia no dia da erupção do Vesúvio para salvar a dama dos anéis de ouro e se tornar, assim, merecedor de seu amor, não escutou sequer uma frase daquela conversa gastronômica. Apenas as duas últimas palavras pronunciadas por Max o impactaram e, como ele não tinha vontade de entrar em discussão, fez um sinal de aceite totalmente a esmo, e o grupo de amigos retomou o caminho para o hotel, andando ao longo das muralhas.

Arrumaram a mesa debaixo de uma espécie de alpendre aberto, que servia de vestíbulo para a *osteria*,

---

4 BOILEAU, Nicolas. *Réflexions morales, politiques, historiques, et littéraires, sur le théâtre*. Avignon: Chez Marc Chave: Imprim. Librairie, 1768. Livre X, cap. 5, p. 131.

e cujas muralhas caiadas eram decoradas com algumas crostas que o anfitrião caracterizara — Salvator Rosa, Espagnolet, cavalier Massimo — e outros nomes célebres da escola napolitana que ele se sentira obrigado a exaltar.

— Venerável anfitrião — disse Fábio —, não gaste sua eloquência com aquilo que é pura inutilidade. Não somos ingleses, e as jovens moças nos interessam mais que as velhas tramas. Em vez disso, peça àquela linda morena dos olhos de veludo, que notei na escadaria, que nos traga a lista de vinhos.

O palforio[5] compreendeu que seus clientes não pertenciam ao gênero mistificável dos filisteus e dos burgueses, e parou de vangloriar a galeria para glorificar a sua adega. A princípio, tinha todos os vinhos dos melhores vinhedos: Château Margaux, Grand-Laffitte retour des Indes, Sillery de Moët, Hochmeyer, Scarlat--wine, porto e porter, ale e gingerbeer, Lacryma Christi branco e tinto, capri e vinho falerno.

— O quê?! Você tem vinho de Falerna e o coloca no fim da lista, seu animal? Você nos faz aguentar uma litania enológica insuportável — disse Max, saltando à garganta do hoteleiro com um movimento de furor cômico —, mas não tem noção da própria cor local? Você não é mesmo digno de viver nessa vizinhança antiga! Seu falerno é bom, pelo menos? Foi envelhecido na ânfora na época do cônsul Plancus? *Consule Planco?*

— Não conheço o cônsul Plancus, e meu vinho não foi envelhecido na ânfora, mas é velho, e a garrafa custa dez carlins — respondeu o anfitrião.

O dia caiu e veio a noite, noite serena e transparente, decerto mais clara que o meio-dia a pino em Londres; a terra tinha tons de azul e o céu, reflexos prateados de

---

5 Referência antonomástica ao personagem Palforio, do poema dramático "Les Marrons du feu" (Premières poésies), de Alfred de Musset.

doçura inimaginável; o ar estava tão tranquilo que a chama das velas postas à mesa não chegava sequer a vacilar.

Um menino que tocava flauta se aproximou da mesa e ficou de pé, fixando o olhar nos três convivas, numa pose de baixo-relevo, e soprou em seu instrumento de sons suaves e melodiosos uma dessas cantilenas populares, em escala menor, de encanto penetrante.

Talvez o menino descendesse diretamente do flautista que vinha adiante de Duílio[6].

— Nossa refeição está organizada de modo bastante antigo; só faltam dançarinas gaditanas e coroas de hera — disse Fábio, que se serviu de vinho de Falerna, enchendo seu copo.

— Sinto-me inspirado a declamar citações latinas como um folhetim do *Journal des débats*; ocorrem-me estrofes de odes — acrescentou Max.

— Guarde-as para si! — exclamaram Octavien e Fábio, que tinham razão em se alarmar; nada é mais indigesto que o latim à mesa.

A conversa entre jovens que, com o cigarro na boca e os cotovelos sobre a mesa, olham para alguns frascos esvaziados, principalmente quando o vinho é capitoso, não demorou a chegar ao assunto das mulheres. Cada qual expôs sua teoria; eis aqui um resumo aproximado: Fábio fazia caso apenas da beleza e da juventude. Voluptuoso e assertivo, não se deixava levar por ilusões nem tinha preconceito algum em matéria de amor. Uma camponesa lhe agradava tanto quanto uma duquesa, contanto que fosse linda; ele era mais tocado pelo corpo dela que pelo vestido; ele se ria muito de alguns amigos seus, que se enamoravam por alguns metros de seda e de rendas,

---

6 O Senado conferiu, como recompensa a Caio Duílio, político e general da República romana que viveu por volta de 260 a.C., a honra de ser precedido por um porta-chamas e por um flautista ao entrar em Roma, segundo o relato de Catão, o Velho.

e dizia que faria mais sentido, nesse caso, se inflamar com as novidades expostas por um vendedor.

Essas opiniões, no fundo deveras razoáveis, e que ele não escondia, o faziam passar por um homem excêntrico.

Max, menos artista que Fábio, amava somente as empreitadas difíceis, as histórias de amor complicadas; procurava vencer resistências, seduzir virtudes, levando o amor como uma partida de xadrez, com jogadas há muito premeditadas, efeitos suspensos, surpresas e estratagemas dignos de Políbio. Em salões, escolhia a mulher que parecesse ter menos simpatia em relação a ele para ser o alvo de suas investidas; era-lhe um prazer delicioso fazê-la passar da aversão para o amor por meio de hábeis transições; impor-se às almas que o repeliam, controlar as vontades rebeldes de seus ascendentes era o mais doce dos triunfos para ele. Assim como alguns caçadores percorrem os campos, os bosques e as planícies através da chuva, do sol e da neve, com excesso de fadigas e com um ardor irrefreável para acabar com uma presa magra que eles, na maior parte das vezes, não querem comer, Max, uma vez tendo capturado a presa, não se importava mais e voltava à sua busca quase logo depois.

Quanto a Octavien, ele confessava que a realidade pouco o seduzia; não que tivesse sonhos de garotinho, completamente impregnados de lírios e rosas como um madrigal de Demoustier, mas em volta de toda beleza havia demasiados detalhes prosaicos e decepcionantes, demasiados pais repetitivos e decorosos, mães garridas que põem flores naturais em suas perucas; primos rubicundos que refletem muito antes de declarar qualquer coisa; tias ridículas, apaixonadas por cachorrinhos. Uma gravura de água-tinta segundo Horace Vernet ou Delaroche, pendurada no quarto de uma mulher, seria o suficiente para interromper uma paixão nascente nele. Ainda mais poético que enamorado, ele pedia um terraço na Isola Bella, à beira do lago Maior, debaixo de um belo luar, para emoldurar um encontro. Ele gostaria de remover seu amor do meio da vida ordinária e transportar a cena para as estrelas. Por isso, fora sucessivamente tomado por uma paixão impossível e louca após a outra, por todos os grandes tipos femininos que a arte ou a história conservara. Tal qual Fausto, ele amara Helena, e teria desejado que as ondulações dos séculos lhe trouxessem uma daquelas sublimes personificações dos desejos e sonhos humanos, cuja forma invisível aos olhos vulgares ainda subsiste no espaço e no tempo. Compusera para si mesmo um serralho ideal com Semíramis, Aspásia, Cleópatra, Diana de Poitiers, Jeanne d'Aragon. Algumas vezes, também amava estátuas, e um dia, no museu, ao passar diante da Vênus de Milo, exclamou para si: "Oh! Quem te dará braços para me esmagares contra teu seio de mármore?". Em Roma, a visão de uma espessa cabeleira telada, exumada de um túmulo antigo, o lançara num delírio bizarro: ele havia tentado, por meio de duas ou três daquelas cabeleiras, obtidas de um guarda que fora seduzido a preço de ouro, e que as entregara a uma sonâmbula de grande potência, evocar a sombra e a forma daquela morta; mas o fluido condutor se evaporara com o passar de tantos anos, e a aparição não pudera sair da noite eterna.

Como Fábio já tinha adivinhado diante da vitrina do *Studi*, a impressão recolhida na caverna da *villa* de Arrius Diomedes excitava, em Octavien, impulsos insensatos a um ideal retrospectivo; ele tentava sair do tempo e da vida, transpor sua alma ao século de Tito.

Max e Fábio se recolheram no quarto deles e, com a cabeça um pouco pesada pelos clássicos vapores do Falerna, não tardaram a adormecer. Octavien, que muitas vezes havia deixado o copo cheio à sua frente, sem desejar que uma embriaguez grosseira perturbasse a embriaguez poética que fervia em seu cérebro, sentiu, por causa da agitação de seus nervos, que o sono não viria até ele e saiu da *osteria* a passos lentos para arejar a cabeça e acalmar o pensamento com os ares da noite.

Sem que tivesse consciência disso, seus pés o conduziram à entrada através da qual se penetra na cidade morta; deslocou a cancela de madeira que a fechava e se meteu, ao acaso, nas ruínas.

A lua iluminava as casas pálidas com seu clarão branco, dividindo as ruas em duas partes: uma de luz prateada e outra de sombra azulada. O dia noturno, com seus tons moderados, dissimulava a degradação dos edifícios. Não se percebia, como na crua clareza do sol, as colunas truncadas, as fachadas percorridas por lagartos, os tetos que a erupção fizera desabar; as partes ausentes se completavam pelo meio-tom, e um raio brusco, como um toque de sentimento no esboço de um quadro, indicava o todo de um complexo desmoronado. Os gênios taciturnos da noite pareciam ter restaurado a cidade fóssil em alguma representação de uma vida fantástica.

Por vezes, inclusive, Octavien acreditou ter visto formas humanas deslizando na sombra, porém elas se volatilizavam assim que alcançavam a parte iluminada. Um ruído indistinto, cochichos surdos volteavam no silêncio. Nosso deambulante as atribuiu primeiro a algum farfalhar dos olhos, a algum burburinho das orelhas — também podia ser um efeito óptico, um suspiro da brisa marinha ou um lagarto que fugia pelas urtigas, ou uma cobra, pois tudo vive na natureza, até mesmo a morte, todo barulho, até mesmo o silêncio. Contudo, ele experimentava uma espécie de angústia involuntária, um ligeiro arrepio que poderia ter sido causado pelo ar frio da noite, e que fazia a pele fremir. Será que seus camaradas tiveram a mesma ideia e estariam procurando por ele no meio das ruínas? Aquelas formas entrevistas, aqueles barulhos de passos indistintos seriam Max e Fábio caminhando e proseando, e depois eles desapareceram na esquina de alguma encruzilhada? Octavien compreendeu que aquela explicação, totalmente óbvia para sua perturbação, não era verdadeira, nem os raciocínios que fazia a esse respeito o convenciam. A solidão e a sombra haviam sido povoadas por seres invisíveis dos quais ele desviava; caía no meio de um mistério, e tinha a impressão de que sua partida estivesse sendo aguardada para somente então começar. Tais eram as ideias extravagantes que atravessavam seu cérebro, muito verossimilhantes com a hora, com o lugar e com mil detalhes alarmantes, compreensíveis para quem já se encontrou de noite em alguma ampla ruína.

Ao passar diante de uma casa que ele tinha notado durante o dia, e sobre a qual a lua brilhava em cheio, ele viu, em estado de perfeita integridade, um pórtico cuja disposição tentou reconstituir: quatro colunas de ordem dórica, com caneluras até a meia altura, e o fuste envolto como um tecido púrpura, com um tom de cinabre, sustentavam uma cimalha colorida de ornamentos policromos que parecia ter sido terminada ainda ontem pelo decorador; sobre a parede lateral da porta, um molosso da Lacônia, executado em encáustica junto à inscrição sacramental *Cave canem*, latia para a lua e para os visitantes com um furor pintado. No umbral de mosaicos, a palavra *Ave*, em letras oscas e latinas, saudava os convidados com suas sílabas cordiais. Os muros externos, tingidos de ocre e de rubrica, não tinham uma fenda sequer. A casa fora erguida acrescentando-se um andar, e o teto de telhas, rendado de um acrotério de bronze, projetava seu perfil intacto por cima do azul-claro do céu, onde algumas estrelas empalideciam.

Aquele restauro estranho, feito entre a tarde e a noite por um arquiteto desconhecido, muito atormentava Octavien, que tinha certeza de ter visto aquela casa, naquele mesmo dia, em estado de penosa ruína. O misterioso reformador trabalhara com muita rapidez, pois as casas vizinhas tinham o mesmo aspecto novo e recente; todos os pilares eram ornados por seus capitéis; nem uma pedra, nem um tijolo, nem uma camada de estuque, nem uma lasca de pintura faltava às paredes reluzentes das fachadas, e, pelo interstício dos peristilos, ao redor da vasca de mármore do *cavædium*, entreviam-se oleandros e romãzeiras. Todos os historiadores se enganaram: a erupção não ocorrera ou então a agulha do tempo recuara vinte horas seculares no mostrador da eternidade.

Octavien, surpreso em último grau, perguntou a si mesmo se estava dormindo de pé, caminhando em sonho. Interrogou-se a sério para saber se a loucura não estaria fazendo suas alucinações dançarem diante dele, mas foi obrigado a reconhecer que não estava adormecido nem louco.

Aconteceu uma mudança peculiar na atmosfera; ondas tingidas de rosa se misturavam, através de degradações de violeta, aos clarões azuláceos da lua; o céu clareava nas beiradas; parecia que o dia estava prestes a nascer. Octavien tirou seu relógio: marcava meia-noite. Temendo que tivesse parado, deu corda nele. O toque soou doze vezes: de fato, era meia-noite, e, ainda assim, a claridade continuava a aumentar, a lua se derretia no azul cada vez mais luminoso; o sol se levantou.

Então, toda e qualquer noção de tempo se embaralhou dentro de Octavien, que pôde se convencer de estar passeando não em uma Pompeia morta, cadáver frígido de uma cidade parcialmente removida de seu sudário, mas em uma Pompeia viva, jovem, intacta, sobre a qual as torrentes de lama causticante do Vesúvio não escorreram.

Um prodígio inconcebível o levava de volta — ele, um francês do século XIX —, aos tempos de Titus, não na mente, mas na realidade, ou fazia voltar até ele, das profundezas do passado, uma cidade destruída com seus habitantes desaparecidos, pois um homem vestido à moda antiga acabava de sair de uma das casas vizinhas.

O homem, de barba feita e cabelos curtos, usava uma túnica marrom e um pálio acinzentado de extremidades arregaçadas, para que não incomodassem sua caminhada; andava a passos rápidos, quase correndo, e passou ao lado de Octavien sem tê-lo visto. Levava um cesto de espartaria pendurado no braço e dirigia-se ao *Forum nundiarium* — era um escravo, um Davus[7] qualquer indo ao mercado; impossível tratar-se de um engano.

Ouviram-se barulhos de rodas, e um carro antigo, puxado por bois brancos e carregado de legumes, entrou na rua. Ao lado dos arreios, caminhava um boiadeiro de pernas nuas e queimadas pelo sol, e ele calçava sandálias nos pés e vestia uma espécie de camisa de tela bufante na cintura; um chapéu cônico de palha, jogado para trás sobre as costas e preso ao colo pela queixeira, deixava à mostra um tipo de cara hoje desconhecida: a testa baixa, atravessada por duras nodosidades, os cabelos crespos e negros, o nariz reto, os olhos tranquilos como os de seus bois, e um pescoço de Hércules campesino. Ele aplicava muita força para tocar seu gado com o esporão, numa pose de estátua que faria Ingres cair extasiado.

O boiadeiro reparou em Octavien e pareceu surpreso, mas seguiu seu caminho; virou a cabeça uma vez, incapaz de encontrar uma explicação para o aspecto desse estranho personagem, mas, em sua plácida inépcia rústica, deixou a palavra do enigma a quem fosse mais esperto que ele.

Também apareceram os camponeses da Campânia à sua frente, empurrando asnos carregados de odres de vinho e tocando sinos de cobre. A fisionomia deles diferia daquela dos camponeses de hoje assim como uma medalha difere de um tostão.

A cidade ia se enchendo de gente aos poucos, como um daqueles quadros de diorama, a princípio desertos, e nos quais, por meio de uma mudança de iluminação, os personagens até então invisíveis tornam-se animados.

Os sentimentos que Octavien experimentava mudaram de natureza. Ainda há pouco, na sombra enganadora da noite, ele estava à mercê daquele mal-estar do qual os corajosos não se defendem, em meio a circunstâncias

---

7 Nome de um personagem-tipo das comédias romanas, astuto e galhofeiro.

inquietantes e fantásticas que a razão não consegue explicar. Seu vago terror se transformara em profunda estupefação; a nitidez de suas percepções não lhe permitia duvidar daquilo que seus sentidos testemunhavam, e, no entanto, aquilo que estava vendo era completamente inacreditável. Ainda pouco convencido, procurou por meio da constatação pequenos detalhes reais para provar a si mesmo que não estava sendo o joguete de alguma alucinação. Não eram fantasmas que desfilavam debaixo de seu nariz, pois a vívida luz do sol os iluminava com uma realidade irrefutável, e suas sombras alongadas pela manhã se projetavam sobre as calçadas e as muralhas. Como não compreendia nada do que estava acontecendo consigo mesmo, Octavien, que no fundo se deleitava em ver um de seus mais caros sonhos realizados, não resistiu mais à aventura e entregou-se a todas aquelas maravilhas sem ter a pretensão de se dar conta delas; disse a si mesmo que, já que lhe fora consentido viver algumas horas em um século extinto, em virtude de um poder misterioso, não perderia mais seu tempo buscando a solução para um problema incompreensível, e seguiu corajosamente em seu caminho, olhando por todos os lados para aquele espetáculo tão velho e tão novo para ele. Mas a que época da vida de Pompeia ele fora transportado? Por meio de uma inscrição de edil, onde os nomes dos personagens públicos haviam sido gravados, descobriu que estava no começo do reino de Tito, ou seja, no ano 79 de nossa era. Uma ideia repentina transpassou a alma de Octavien; a mulher cuja impressão ele havia admirado no museu de Nápoles deveria estar viva, pois a erupção do Vesúvio, na qual ela perecera, aconteceu no dia 24 de agosto daquele mesmo ano; ele poderia, então, encontrá-la, vê-la, falar com ela... O desejo louco que sentira ao ver aquela cinza moldada sobre os contornos divinos talvez viesse a se satisfazer, pois nada devia ser impossível para um amor tão forte a ponto de fazer voltar no tempo e de deixar passar, duas vezes, a mesma hora na ampulheta da eternidade.

Enquanto Octavien se deixava levar por essas reflexões, belas moças se dirigiam às fontes segurando, com a ponta de seus dedos brancos, urnas equilibradas sobre as cabeças; patrícios em togas brancas bordadas em faixas púrpura, seguidos de seu cortejo de clientes, encaminhavam-se ao fórum. Os compradores se apressavam ao redor das lojas, todas elas indicadas por insígnias esculpidas e pintadas; a pequenez e o formato delas lembravam as lojas mourescas de Alger. Acima da maioria dessas barracas, um glorioso falo de terracota colorida e a inscrição *hic habitat felicitas*[8] revelavam precauções supersticiosas contra o mau-olhado; Octavien percebeu inclusive uma loja de amuletos onde estavam expostos uma série de chifres, ramos de coral bifurcados e pequenos priapos de ouro, que ainda hoje podem ser encontrados em Nápoles, para as pessoas se protegerem contra *jettature*[9], e disse a si mesmo que uma superstição durava mais do que uma religião.

Prosseguindo pela calçada à beirada de cada rua de Pompeia, o que, portanto, impede os ingleses de se gabarem dessa invenção, Octavien se viu face a face com um belo rapaz, mais ou menos da mesma idade que ele, que vestia uma túnica cor de açafrão, adornado por uma capa de lã fina e branca, maleável como a caxemira. A visão de Octavien — com seu horrendo chapéu moderno, apertado numa mesquinha sobrecasaca preta, as pernas aprisionadas numa calça, os pés apertados por botas lustradas — pareceu surpreender o jovem pompeiano da

---

8 "Aqui mora a felicidade". (Tradução livre.)

9 Figura tradicional e estereotipada no universo itálico. Segundo as crendices e superstições populares, o *jettatore* (em italiano, do latim: iăcto = "jogar", "lançar") tem o poder de lançar maus-olhados (*jettature*), geralmente de modo não intencional. O próprio Gautier aborda o tema em seu conto "Jettatura", de 1856.

mesma maneira que nos surpreenderia ver, no bulevar de Gand, um *ioway* ou botocudo com plumas, colares de garras de ursos e tatuagens esquisitas. Contudo, como ele era um rapaz bem-educado, não caiu na risada na cara de Octavien e, apiedando-se daquele pobre bárbaro perdido naquela cidade greco-romana, cumprimentou-o com voz acentuada e doce:

— *Advena, salve*[10].

Nada mais natural que um habitante de Pompeia, sob o reino do divino imperador Tito, mui potente e mui augusto, se exprimisse em latim, porém Octavien teve um sobressalto ao ouvir essa língua morta em uma boca viva. Foi quando parabenizou a si mesmo por ter sido um bom aluno em versão[11], e por ter ganhado prêmios no concurso geral. O latim ensinado na universidade lhe foi útil naquela ocasião única e, recordando-se de seus tempos de aluno, respondeu à saudação do pompeiano no estilo do *De viris illustribus* e do *Selectæ e profanis* de maneira bastante inteligível, mas com um sotaque parisiense que fez o moço sorrir.

— Talvez seja mais fácil para você falar em grego — disse o pompeiano. — Também conheço essa língua, pois estudei em Atenas.

— Sei ainda menos grego do que latim — respondeu Octavien —, sou da terra dos gauleses, de Paris, de Lutécia.

— Conheço essa terra. Meu avoengo combateu na guerra da Gália sob domínio do grande Júlio César. Mas o que são essas roupas estranhas que você está vestindo?

---

10 "Saudações, seja bem-vindo". (Tradução livre.)

11 No original, *fort en thème*, ou seja, "um bom aluno em versão", no caso, da língua materna para o latim. Em sentido figurado, a mesma expressão também define um aluno que obtém excelentes notas ou ainda, pejorativamente, uma pessoa desprovida de originalidade apesar de seus esforços.

Os gauleses que vi em Roma não se vestiam assim.

Octavien tentou fazer o jovem pompeiano compreender que vinte séculos haviam decorrido desde que Júlio César conquistara a Gália, e que a moda havia passado por mudanças, mas perdeu seu latim[12] que, a bem da verdade, não era lá grande coisa.

— Chamo-me Rufus Holconius, e minha casa também é sua casa — disse o rapaz —, a menos que você prefira a liberdade da taberna. Na estalagem de Albino, perto da porta dos arrabaldes de Augustus Felix, se está muito bem. Idem na hospedaria de Sarinius, filho de Publius, perto da segunda torre. Mas serei seu guia nesta cidade desconhecida para você, se quiser. Gostei de você, jovem bárbaro, por mais que tenha tentado brincar com minha credulidade, alegando que o imperador Titus, hoje reinante, estava morto há dois mil anos, e que os infames sectários do nazareno foram besuntados de piche e feitos de tochas humanas para iluminarem os jardins de Nero, único trono de autoridade no céu deserto, de onde os grandes deuses decaíram. Por Pólux! — acrescentou, lançando o olhar sobre uma inscrição vermelha, traçada na esquina de uma rua. — Você chegou em boa hora: recentemente, a *Cásina*, de Plauto, está sendo reestreada no teatro; é uma comédia curiosa e bufa, que o divertirá, mesmo que você só entenda a pantomima. Siga-me, já vai começar, vou colocá-lo no banco dos convidados e dos estrangeiros.

E Rufus Holconius se encaminhou em direção ao pequeno teatro cômico que os três amigos tinham visitado durante o dia.

O francês e o cidadão de Pompeia foram pelas ruas da Fonte de Abundância, dos teatros, andaram ao longo

---

12 Assim como em português, *perdre son latin*, além de "desperdiçar tempo" ou "esforçar-se em se fazer entender", pode significar "não conseguir explicar algo" ou "desistir de compreender".

do colégio e do templo de Ísis, da oficina do estatuário, e entraram no Odeão, ou teatro cômico, por um vomitório lateral. Graças à recomendação de Holconius, Octavien foi colocado perto do proscênio, um lugar que corresponderia aos nossos primeiros camarotes. Todos os olhares logo se voltaram a ele com uma curiosidade bondosa, e um leve burburinho percorreu o anfiteatro.

A peça ainda não havia começado; Octavien aproveitou para observar a sala. As arquibancadas semicirculares, que acabavam de cada lado numa magnífica pata de leão esculpida com lava do Vesúvio, partiam alargando-se por um espaço vazio que corresponderia à nossa plateia, embora muito mais restrito e pavimentado por um mosaico de mármores gregos; uma arquibancada mais larga formava, de um lugar para o outro, uma zona distintiva, e quatro escadas que correspondiam aos vomitórios, subindo da base ao topo do anfiteatro, o dividiam em cinco cantos, mais largos em cima do que em baixo. Os espectadores, munidos de seus ingressos, que consistiam em pequenas lâminas de marfim em que estavam assinalados pelo número de identificação o tramo, o canto e a arquibancada, com o título da peça representada e o nome do autor, chegavam facilmente a seus lugares. Os magistrados, os nobres, os homens casados, os jovens e os soldados, cujos capacetes de bronze se viam reluzir, ocupavam fileiras separadas. Que espetáculo admirável aquelas belas togas e aqueles grandes mantos brancos bem drapeados, estendendo-se sobre as primeiras arquibancadas, em contraste com os colares variegados das mulheres, instaladas acima, e as capas cinzas das pessoas do povo, relegadas aos bancos superiores, perto das colunas que sustentam o teto e que deixam perceber, por seus interstícios, um céu azul intenso como o campo azure de uma panateneia; uma garoa fina, aromatizada de açafrão, caía dos frisos em gotículas imperceptíveis e perfumava o ar que ela refrescava. Octavien pensou nas emanações fétidas que viciam a atmosfera de nossos teatros, tão incômodos a ponto de serem considerados lugares de tortura, e julgou que a civilização não tinha avançado muito.

Sustentada por uma viga transversal, a cortina despencava nas profundezas da orquestra; os músicos se instalaram em sua tribuna, e o declamador prologal apareceu vestido de maneira grotesca, com uma máscara disforme por cima da cabeça, adaptada como um capacete.

Após ter saudado os espectadores e pedido aplausos, o declamador deu início a uma argumentação bufa.

— As peças velhas — ele afirmava — eram como um vinho que melhoram com o passar dos anos, e a *Cásina*, cara aos velhuscos, deveria agradar tanto a estes quanto aos jovens; todos podiam se deleitar com ela: uns, porque a conheciam; outros, porque não a conheciam. Ademais, a peça havia sido reencenada com cuidado, e era preciso ouvi-la com a alma livre de qualquer preocupação, sem pensar em dívidas nem em credores, pois, no teatro, ninguém para; era um dia feliz, o tempo estava bom, e os alcíones planavam sobre o fórum.

Em seguida, ele fez uma análise da comédia prestes a ser representada pelos atores. Um detalhe prova que a surpresa pouco importava para o prazer que os anciões sentiam no teatro: ele contou como o velhusco Stalino[13], apaixonado por sua bela escrava Cásina, quer casá-la com seu fazendeiro Olympio, esposo complacente que será substituído por ele na noite de núpcias; e como Lycostrata,

---

[13] Gautier provavelmente teve acesso ao códice Z da Cásina, no qual o velho Stalitio, ou Stalicio, apaixonado por Cásina, passa a ser chamado de "Stalino". Trata-se de uma corrupção de "Heus, sta illico, amator", traduzido como "Ei, fica parado aí, amante". Nas traduções mais recentes, o nome desse mesmo personagem é "Lisidamo". Sobre esse assunto, consultar *Perfume de Mulher: riso feminino e poesia em Cásina*, dissertação de Carol Martins da Rocha (Unicamp, 2010, p. 27).

mulher de Stalino, para enfrentar a luxúria de seu marido, quer unir Cásina ao escudeiro Chalinus, na intenção de favorecer os amores de seu filho; enfim, a maneira como Stalino, ludibriado, toma um jovem escravo disfarçado por Cásina, que, reconhecida como cidadã e livre de nascença, se casa com o jovem senhor que ela ama e por quem é amada.

O jovem francês olhava distraidamente para os atores, com suas máscaras de bocas de bronze, dando tudo de si no palco; os escravos corriam aqui e acolá para simular a pressa; o velho balançava a cabeça e estendia suas mãos trêmulas; a matrona, falando com autoridade e com um ar ríspido e desdenhoso, multiplicava sua importância e altercava com seu marido, para o grande divertimento da plateia. Todos esses personagens entravam e saíam por três portas, abertas na parede dos fundos, e que comunicavam com o vestíbulo dos atores. A casa de Stalino ocupava uma parte do teatro, e a de seu velho amigo Alcésimo ficava defronte. Apesar de bem pintadas, as decorações representavam mais a ideia de um lugar do que o próprio lugar em si, tal qual as coxias vacantes do teatro clássico.

Quando a pompa nupcial que conduzia a falsa Cásina fez sua entrada no palco, um imenso estouro de risadas, como aquele que Homero atribui aos deuses, circulou por todos os bancos do anfiteatro, e estrondos de aplausos fizeram os ecos dos muros vibrarem; mas Octavien já não escutava nem olhava mais.

No tramo das mulheres, ele tinha acabado de perceber uma criatura de beleza maravilhosa. A partir daquele momento, os rostos encantadores que tinham atraído seu olhar se eclipsaram como as estrelas diante de Febe; tudo se volatilizara, tudo desaparecera como num sonho; um nevoeiro esbateu as bancadas pululantes de gente, e a gritaria dos atores parecia se perder num distanciamento infinito.

Octavien levou algo como um choque elétrico no coração e teve a impressão de que faíscas jorravam de seu peito quando o olhar daquela mulher se voltou a ele.

Ela era morena e pálida, e seus cabelos cacheados e ondulados, negros como os da Noite, estavam suavemente erguidos em direção às têmporas, à moda grega, e em seu rosto de tom opaco brilhavam olhos sombrios e doces, carregados de uma expressão indefinível de tristeza voluptuosa e de tédio passional; sua boca arqueada em desdém nos cantos protestava através do ardor vivaz de sua púrpura inflamada contra a palidez tranquila da máscara; seu colo apresentava aquelas belas linhas puras que, nos dias de hoje, se encontram somente nas estátuas. Seus braços estavam nus até os ombros, e da ponta de seus seios orgulhosos, que erguiam sua túnica de rosa malva, dois plissados partiam, levando a crer que foram escavados no mármore por Fídias ou Cleômenes.

A visão daquela garganta de contorno tão correto, de um cálice tão puro, perturbou Octavien de maneira magnética; pareceu-lhe que aquelas formas redondas se adaptavam perfeitamente à impressão côncava do museu de Nápoles, que o projetara em tão ardente devaneio, e uma voz gritou-lhe do fundo de seu coração que aquela mulher era a mesma que fora sufocada pelas cinzas do Vesúvio na *villa* de Arrius Diomedes. Por meio de qual prodígio ele a estava vendo, viva, assistindo à representação da *Cásina*, de Plauto? Não buscou explicações; aliás, como ele próprio fora parar ali? Aceitou sua presença tal qual no sonho se admite a intervenção de pessoas mortas há muito, e que, no entanto, se comportam aparentando estar vivas; aliás, sua emoção não lhe permitia raciocínio algum. Para ele, a roda do tempo saíra de seus trilhos, e seu desejo vitorioso escolhia o próprio lugar entre os séculos decorridos! Viu-se face a face com sua quimera, uma das mais indecifráveis, uma quimera retrospectiva. Sua vida se preenchia de uma só vez.

Ao observar aquela cara tão calma e tão apaixonada, tão fria e tão ardente, tão morta e tão vivaz, ele compreendeu que à sua frente estava seu primeiro e derradeiro amor, seu cálice de embriaguez suprema; sentiu as lembranças de todas as mulheres que acreditara ter amado como sombras ligeiras a se esvaecerem, e sua alma voltou a ser virgem de qualquer emoção anterior. O passado desapareceu.

No entanto, a bela pompeiana, apoiando o queixo sobre a palma da mão e mantendo, contudo, ares de quem estava prestando atenção no que acontecia no palco, lançava sobre Octavien o olhar aveludado através de seus olhos noturnos; e aquele olhar chegava até ele, pesado e ardente como um jato de chumbo derretido. Depois, ela se inclinou em direção à orelha de uma moça sentada ao seu lado.

A representação tinha chegado ao fim; a multidão escoou pelos vomitórios. Octavien, desdenhando o bom serviço de seu guia Holconius, atirou-se na primeira saída que se oferecera a seus passos. Mal havia chegado até a porta, uma mão se apoiou em seu braço; uma voz feminina lhe disse em voz baixa, mas de tal modo que ele não perdesse uma palavra sequer:

— Sou Tique Noveleja, e venho em nome de Arria Marcella, filha de Arrius Diomedes. Minha ama gostou do senhor. Siga-me.

Arria Marcella acabava de subir em sua liteira, carregada por quatro fortes escravos sírios, nus até a cintura, que faziam seus torsos de bronze se espelharem ao sol. A cortina da liteira se entreabriu, e uma pálida mão constelada de anéis fez um sinal cordial a Octavien, como se quisesse confirmar as palavras daquela que a seguia. O plissado púrpura caiu, e a liteira foi afastando-se aos passos cadenciados dos escravos.

Tique fez Octavien passar por desvios, cortando as ruas ao colocar delicadamente o pé sobre as pedras espaçadas que ligam as calçadas, pelas quais rolam as rodas de carros, dirigindo-se através do dédalo com a precisão de quem tem familiaridade com uma cidade. Octavien reparou que estava atravessando bairros de Pompeia ainda não descobertos pelas escavações e que lhe eram, portanto, completamente desconhecidos. Aquela estranha circunstância, entre tantas outras, não o surpreendeu. Estava decidido a não se surpreender com nada. Em toda aquela fantasmagoria arcaica, que levaria um antiquário a enlouquecer de alegria, ele não via nada além dos olhos negros e profundos de Arria Marcella, e aquela garganta, soberba vencedora dos séculos que a própria destruição quis conservar.

Chegaram a uma porta secreta, que se abriu e se fechou logo em seguida, e Octavien se encontrou em um pátio cercado de colunas de mármore grego, dispostas em ordem jônica, pintadas de amarelo-vivo até a metade de sua altura, e o capitel exaltado por ornamentos vermelhos e azuis. Uma guirlanda de aristoloquiáceas suspendia suas largas folhas verdes em forma de coração nas saliências da arquitetura como um arabesco natural e, perto de um lago rodeado de plantas, um flamingo se mantinha de pé sobre uma pata, uma flor de plumas entre as flores vegetais.

Painéis de afrescos que representavam arquiteturas caprichosas ou paisagens fantásticas decoravam as muralhas. Octavien viu todos esses detalhes numa olhadela, pois Tique o confiou às mãos dos escravos dos banhos, que fizeram a impaciência dele aguentar todos os procedimentos das termas antigas. Depois de ter passado por diferentes graus de calor vaporizado, de ter suportado os raspadores de pedra do estrigilário[14], de ter sentido todos os cosméticos e óleos perfumados se derramarem sobre ele, foi vestido com uma túnica branca e encontrou Tique na outra porta, que tomou sua mão e o conduziu até uma sala extremamente ornamentada.

---

14 Funcionário das termas na Antiguidade greco-romana. Sua função era raspar os banhistas com o estrígil, utensílio metálico curvado, para remover sujeiras e a oleosidade do corpo.

No teto estavam pintados, em uma pureza de traços, um estouro de coloridos e uma liberdade de pinceladas que só podiam ser de um mestre consagrado da pintura, e já não mais de um simples decorador de destreza vulgar. Marte, Vênus e Amor; um friso composto de cervos, lebres e pássaros brincando entre as folhagens reinava acima de um revestimento de mármore cipolino; o mosaico do pavimento, trabalho maravilhoso, quiçá devido a Zózimo de Pérgamo, representava relevos de festins executados com uma arte de faz de conta.

No fundo da sala, em um *biclinium*, ou cama de dois lugares, estava Arria Marcella deitada de lado sobre o cotovelo, numa pose voluptuosa e serena que lembrava a mulher deitada de Fídias no frontão do Partenon; seus calçados bordados de pérolas jaziam debaixo da cama, e seu belo pé descalço, mais puro e mais branco que o mármore, estendia-se na ponta de um cobertor leve de bisso jogado sobre ela.

Dois brincos feitos em forma de balança, carregando pérolas em cada prato, tremiam na luz, ao longo de suas bochechas brancas; um colar de bolas de ouro, sustentando grãos alongados em forma de pera, circulava sobre o peitoral à mostra, por causa do plissado descuidado de um peplo cor de palha, bordado com uma grega[15] negra; um fitilho negro e dourado passava e reluzia em alguns pontos de sua cabeleira de ébano, pois ela havia trocado de roupa quando chegara do teatro; e ao redor de seu braço, como a víbora em torno do braço de Cleópatra, uma serpente de ouro com olhos de pedraria dava várias voltas e tentava morder a própria cauda.

Uma pequena mesa com pés de grifo, incrustada de nácar, prata e marfim, fora colocada perto da cama de dois lugares, cheia de diversas iguarias servidas nos pratos de ouro e prata ou de terra esmaltada com pinturas preciosas. Via-se um pássaro do rio Fásis deitado em suas

---

15   Adereço composto de linhas retas entrelaçadas.

plumas e, juntos, vários frutos cujas estações diferentes impedem seu encontro.

Tudo parecia indicar que se aguardava um hóspede; flores frescas frondejavam pelo chão e as ânforas de vinho estavam mergulhadas em urnas repletas de neve.

Arria Marcella acenou para que Octavien se deitasse ao seu lado no *biclinium* e participasse da refeição; o rapaz, semienlouquecido de surpresa e de amor, pegou ao acaso alguns bocados sobre os pratos que pequenos escravos asiáticos, de cabelos encaracolados e túnicas curtas, estendiam para ele. Arria não comeu, mas várias vezes levou aos lábios um vaso murano em tons de opala, repleto de vinho púrpura-escuro como sangue coagulado; na medida em que bebia, um vapor róseo imperceptível subia até suas bochechas pálidas por um coração que já não batia há tantos anos; ao erguer seu cálice, Octavien relou em seu braço desnudado que, no entanto, era frio como a pele de uma serpente ou o mármore da tumba.

— Oh! Quando você se deteve no *Museo degli Studi* para contemplar o pedaço de lama enrijecida que conserva minha forma — disse Arria Marcella, voltando seu longo olhar humilde para Octavien —, e seu pensamento se projetou ardentemente em mim, minha alma o sentiu neste mundo onde flutuo, invisível aos olhos grosseiros; a crença faz o deus, o amor faz a mulher. Só se pode estar morta de verdade quando não se é mais amada; seu desejo devolveu a vida a mim, a evocação potente de seu coração suprimiu as distâncias que nos separavam.

A ideia de evocação amorosa expressada pela moça penetrava novamente nas crenças filosóficas de Octavien, crenças que não estamos tão longe de compartilhar.

De fato, nada morre, tudo existe sempre; nenhuma força pode aniquilar o que outrora existiu. Toda ação, toda palavra, toda forma, todo pensamento caído no oceano universal das coisas ali produz círculos que vão se alargando até os confins da eternidade. A figuração material desaparece apenas para os olhares vulgares, e os espectros que dela se destacam povoam o infinito. Páris continua a raptar Helena em alguma região desconhecida no espaço. A galera de Cleópatra desfralda suas velas de seda sobre o mar azul de um Cnido ideal. Algumas mentes apaixonadas e potentes puderam trazer para si séculos aparentemente decorridos, e fizeram com que personagens mortos para todos revivessem. Fausto tomou por amante a filha de Tíndaro e a conduziu até seu castelo gótico, do fundo dos abismos misteriosos do Hades. Octavien acabava de viver um dia sob o reino de Tito e ser amado por Arria Marcella, filha de Arrius Diomedes, deitada naquele momento perto dele, em cima de uma cama antiga e em uma cidade destruída para o mundo todo.

— Do meu desgosto com outras mulheres — respondeu Octavien —, do devaneio invencível que me arrastava em direção a seus seres radiantes nos confins dos séculos como estrelas provocadoras, compreendi que jamais amaria senão fora do tempo e do espaço. Era por você que eu esperava, e esse vestígio franzino, conservado pela curiosidade dos homens, colocou-me, por meio de seu magnetismo secreto, em contato com sua alma. Não sei se você é sonho ou realidade, fantasma ou mulher, se estou apertando, tal qual Íxion, uma nuvem contra meu peito enganado, se sou o joguete de um vil prestígio de bruxaria, mas estou certo disto: é você quem será meu primeiro e último amor.

— Que Eros, filho de Afrodite, ouça sua promessa — disse Arria Marcella, inclinando a cabeça sobre o ombro de seu amante, que a ergueu num abraço passional. Oh! Aperte-me contra seu jovem peito, envolva-me com seu hálito tépido, pois sinto frio por ter ficado tanto tempo sem amor.

E, contra seu coração, Octavien sentiu aquele belo seio se elevar e se abaixar, aquele belo seio cujo molde, ainda naquela manhã, ele estava admirando através da vitrina de um armário de museu; o frescor daquela bela carne o penetrava através de sua túnica e o fazia arder. O fitilho dourado e negro se soltara da cabeça de Arria, caída para trás de paixão, e seus cabelos se derramavam como um rio negro sobre o travesseiro azul.

Os escravos tiraram a mesa. Só se ouvia um barulho confuso de beijos e suspiros. As codornas familiares, sem se preocuparem com a cena de amor, ciscavam as migalhas do festim sobre o piso de mosaico soltando gritinhos.

De repente, os anéis de liga de cobre da cortina que fechava o quarto escorregaram pelo varão, e um velhote de aspecto sisudo e drapeado, vestindo uma larga manta marrom, apareceu no umbral. Sua barba grisalha estava separada em duas pontas, como a dos nazarenos; seu rosto parecia sulcado pela fadiga das macerações. Uma pequena cruz de madeira negra pendia em seu pescoço, sem deixar dúvidas sobre sua crença: ele pertencia à seita, ainda muito recente, dos discípulos de Cristo.

Ao vê-lo, Arria Marcella, perdida em confusão, escondeu seu rosto debaixo de uma prega de seu próprio casaco, como um pássaro que põe a cabeça debaixo da asa diante de um inimigo que não pode evitar, para ao menos se poupar do horror de vê-lo; enquanto isso, Octavien, apoiado sobre o cotovelo, fitava o personagem importuno que entrava em sua felicidade de maneira tão brusca.

— Arria, Arria! — disse a figura austera em tom de reprimenda. — O seu tempo de vida não bastou para seus desvios de conduta, e seus amores infames ainda precisam invadir os séculos que não lhe pertencem? Você não pode deixar os vivos na esfera deles? Suas cinzas ainda não se arrefeceram desde o dia em que você morreu, sem que tenha se arrependido, sob a chuva de fogo do vulcão? Então, dois mil anos de morte não foram capazes de acalmá-la, e seus braços vorazes atraem para seu peito de mármore, vazio de coração, os pobres insensatos inebriados por suas poções.

— Arrius, meu pai, perdão; não me venha massacrar em nome dessa religião lúgubre que jamais foi a minha.

Creio em deuses antigos que amavam a vida, a juventude, a beleza, o prazer. Não me faça afundar novamente no pálido nada. Deixe-me gozar desta existência que o amor me deu.

— Cale-se, ímpia! Não me fale de seus deuses, que são demônios. Deixe esse homem, agrilhoado por suas impuras seduções, ir embora; não o atraia mais para fora do círculo de vida dele, estabelecido por Deus; volte aos limbos do paganismo com seus amantes asiáticos, romanos ou gregos! Jovem cristão, abandone essa assombração que lhe pareceria mais hedionda que Empusa e a prole de Fórcis, se você a pudesse ver como realmente é.

Pálido, gelado de horror, Octavien quis falar, mas sua voz ficou presa na garganta, segundo a expressão de Virgílio[16].

— Vai me obedecer, Arria? — exclamou imperiosamente o grande velhote.

— Não, nunca! — respondeu Arria com os olhos faiscantes, as narinas dilatadas, os lábios frementes, envolvendo o corpo de Octavien com seus belos braços de estátua, frios, duros e rígidos como o mármore. Sua beleza furiosa, exasperada pela luta, raiava com um brilho sobrenatural naquele momento supremo, como se quisesse deixar a seu jovem amante uma recordação inelutável.

— Vamos, desgraçada! — recomeçou o velhote. — É preciso se valer dos grandes meios e tornar o seu nada palpável e visível a essa criança maravilhada.

E pronunciou com plena voz de comando uma fórmula de exorcismo que fez cair das bochechas de Arria os tons purpurados que o vinho negro do vaso murano fizera subir até elas.

Naquele momento, o sino distante de um dos vilarejos à beira do mar ou das aldeias perdidas nos plissados da montanha fez os primeiros dobres da Saudação angelical serem ouvidos.

---

16 VIRGÍLIO. *Eneida*. Livro III, v. 58.

Com esse som, um suspiro de agonia saiu do peito partido da moça. Octavien sentiu os braços que o envolviam se soltarem; os drapeados que a cobriam se dobraram de novo neles mesmos, como se os contornos que os sustentavam tivessem se afundado, e o infeliz passeador noturno nada mais viu ao seu lado, na cama do festim, a não ser uma pitada de cinzas misturadas a uma ossada calcinada, no meio da qual brilhavam braceletes e joias de ouro, e os restos sem forma, tais quais devem ter sido descobertos quando a *villa* de Arrius Diomedes fora desentulhada.

Ele soltou um grito de terror e perdeu a consciência.

O velhote desaparecera. O sol estava nascendo, e a sala ornada ainda há pouco com tanto brilho já não passava de uma ruína desmantelada.

Depois de terem dormido um sono pesado por causa das libações da véspera, Max e Fábio despertaram em sobressalto, e a primeira coisa que fizeram foi chamar seu companheiro, cujo quarto ficava ao lado do deles, gritando um daqueles burlescos chamados à reunião que se costumam fazer em viagens. Octavien não respondeu, e tinha bons motivos. Sem ouvirem resposta, Fábio e Max entraram no quarto de seu amigo e viram que a cama não havia sido desfeita.

— Ele deve ter adormecido em alguma cadeira — disse Fábio — e não conseguiu chegar até seu leito, pois nosso caro Octavien não está bom da cabeça. Deve ter saído cedo para dissipar os vapores do vinho no frescor da manhã.

— E, mesmo assim, ele tinha bebido pouco — acrescentou Max à guisa de reflexão. — Tudo isso me parece bastante estranho. Vamos procurá-lo.

Com a ajuda do cicerone, os dois amigos percorreram todas as ruas, encruzilhadas, lugares e ruelas de Pompeia, entraram em todas as casas curiosas onde supuseram que Octavien pudesse estar ocupado, copiando alguma pintura ou reconstituindo alguma inscrição, e acabaram por encontrá-lo desfalecido sobre o mosaico disjunto de um pequeno quarto desmoronado pela metade. Tiveram muita dificuldade em fazê-lo voltar a si, e quando ele recobrou a consciência, não deu outra explicação senão a de que tivera a fantasia de ver Pompeia sob a luz do luar, e que fora acometido por uma síncope que, sem dúvida, não acarretaria consequências.

A pequena turma retornou a Nápoles de trem, como havia chegado, e à noite, no alojamento deles em San Carlo, Max e Fábio assistiram, com grande ajuda dos binóculos, saltitando em um balé, imitando Amalia Ferraris, à dançarina então em voga, e a um enxame de ninfas vestindo por debaixo de suas saias de tule uma horrenda calçola verde monstro, deixando-as parecidas com rãs que foram picadas por uma tarântula. Pálido, de olhos turvos e porte aflito, Octavien não parecia mais duvidar do que acontecia no palco, tamanha era sua dificuldade em retomar o sentimento da vida real depois das maravilhosas aventuras da noite anterior.

Datando daquela visita a Pompeia, Octavien esteve à mercê de uma melancolia morna, mais agravada que propriamente aliviada pelo bom humor e pelas brincadeiras de seus companheiros. A imagem de Arria Marcella continuava a persegui-lo, e o triste desfecho de sua boa sina fantástica não destruía seu encanto.

Já não suportando mais, retornou em segredo a Pompeia e passeou, como na primeira vez, nas ruínas à luz do luar, com o coração palpitando numa esperança insensata, mas a alucinação não se renovou; ele só viu lagartos fugindo sobre as pedras; só ouviu piados de pássaros noturnos assustados; não reencontrou mais seu amigo Rufus Holconius; Tique não veio colocar sua mão delgada por cima do braço dele. Arria Marcella ficou por muito tempo na poeira.

Como última esperança, Octavien se casou recentemente com uma encantadora jovem inglesa, que é louca por ele. Para sua mulher, ele é perfeito. No entanto,

Ellen, com aquele instinto do coração que não se deixa enganar por nada, sente que seu marido está apaixonado por outra; mas por quem? Quanto a isso, mesmo a espionagem mais empenhada não foi capaz de deixá-la a par. Octavien não sustenta dançarina alguma; socialmente, dirige às mulheres apenas galanterias banais; inclusive, respondeu muito friamente às pronunciadas investidas de uma princesa russa, célebre por sua beleza e por seu poder de sedução. Uma gaveta secreta, aberta durante a ausência de seu marido, não forneceu prova alguma de infidelidade às suspeitas de Ellen. Mas como ela poderia saber que deveria ter ciúmes de Marcella, filha de Arrius Diomedes, liberto de Tibério?

NARRATIVA

II

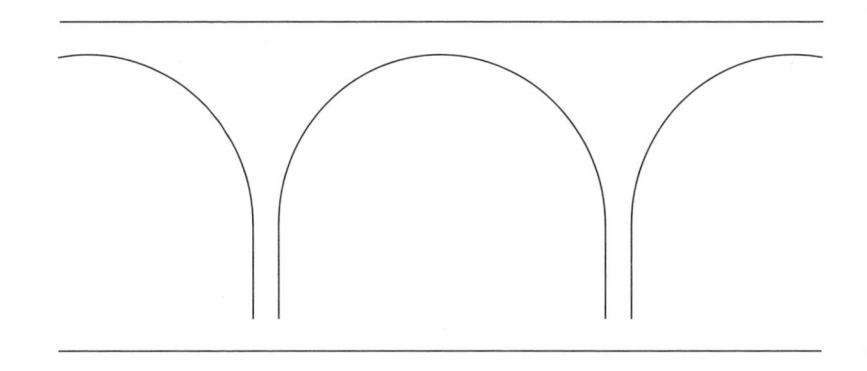

OS MORTOS SÃO INSACIÁVEIS
LEOPOLD VON SACHER-MASOCH

TRADUÇÃO E NOTAS
KARINA JANNINI

ENTRE NÓS, É FÁCIL FAZER AMIZADE. NA CASA DOS CAMPONESES, AS PORTAS NÃO TÊM TRANCAS, E AS CABANAS, COM MAIOR FREQUÊNCIA AINDA, NÃO TÊM PORTAS, E OS PORTÕES DAS PROPRIEDADES

Invocaste-me do túmulo
Com tua mágica vontade,
Animas-me com a brasa da volúpia,
E agora não consegues aplacar o calor.

Pressiona tua boca na minha,
Divino é o sopro humano!
Bebo toda a tua alma
Os mortos são insaciáveis.

Heine

estão sempre abertos para qualquer um. Quando um visitante chega à noite, ninguém faz cara triste nem apreensiva como na Alemanha abastada, e não passa pela cabeça dos membros da família esgueirarem-se um a um na cozinha para ali consumirem o jantar às escondidas. Nos dias festivos, quando parentes e amigos vindos de longe se encontram, bois, bezerros e porcos, galinhas, gansos e patos são abatidos, e o vinho flui aos borbotões, como nos tempos de Homero.

Cheguei até a família Bardossoski como um nobre que chega à casa de outro, sem muita cerimônia, e em pouco tempo passei a frequentá-la todas as noites. Seu solar ficava em uma pequena colina, atrás da qual se erguiam os verdes contrafortes dos Cárpatos. A família era muito agradável, mas o melhor era que as duas filhas da casa já tinham seus admiradores. De fato, a mais nova já estava até formalmente noiva; portanto, podia-se conversar com espontaneidade e até mesmo — o que é indispensável em relação às polonesas — fazer um pouco a corte, sem ser logo tomado por um pretendente.

O senhor Bardossoski era um legítimo nobre rural, simples, religioso e hospitaleiro, sempre alegre, mas não sem aquela dignidade tranquila que não precisa de recursos externos para se fazer valer. Sua esposa, uma morena de baixa estatura, exuberante e ainda bonita, mandava nele tanto quanto a rainha Maria Casimira no grande Sobieski[1], mas havia coisas em relação às quais o velho senhor não admitia gracejos. Nesses casos, bastava ele torcer seu longo bigode ou soltar precipitadamente uma pequena nuvem azulada de seu cachimbo que logo se transformava em uma nuvem respeitável e o envolvia como um Zeus, pai de todos os deuses, para ninguém ousar contrariá-lo. Nunca o vi sem aquele seu

---

1   Maria Casimira Luísa de La Grange d'Arquien (1641-1716), rainha consorte da Polônia e esposa do rei João III Sobieski da Polônia (1629-1696). (N.T.)

longo cachimbo turco, com fornilho de barro vermelho e tubo de âmbar, que parecia dizer a este estrangeiro aqui: "Você não está mais na Europa, meu amigo, aqui é aquele Oriente de onde vem toda a sua sabedoria, de cujas fontes inesgotáveis beberam todos os seus pensadores e poetas". Em 1837, Bardossoski lutou sob o comando do general Józef Chlopicki e, em 1848, foi ferido na batalha conduzida pelo general Józef Bem, em Schässburg. Em 1863, enviou seu único filho para se unir aos insurgentes e o perdeu para o golpe mortal da lança de um cossaco. Nunca se falou nesse filho, mas seu retrato, emoldurado por uma coroa murcha e uma fita preta empoeirada, pendia acima da cama do velho, entre sabres curvos e cruzados.

Quanto às duas senhoritas, a mais velha, Kordula, era o que se chama de interessante, alta e robusta, com uma magnífica cabeleira escura, dentes bonitos, olhos acinzentados, dos quais emanava uma inteligência penetrante, e um rosto no qual residia uma firmeza indomável tanto ao redor do pequeno nariz achatado quanto dos lábios grossos. Em contrapartida, a mais jovem, Aniela, era uma daquelas belezas infinitamente brancas, louras e de faces rosadas, que sempre parecem cansadas, cujos olhos azuis também sonham quando acordados e cuja respiração profunda soa como um suspiro. Essa era a que já trazia uma aliança de noivado no dedo.

Também conheci os dois rapazes que conquistaram os corações dessas irmãs tão diferentes. O pretendente da mais velha era um tal de senhor Husezki, que ocupava o cargo de adjunto no tribunal da cidadezinha próxima. Ele mostrava a seriedade e o zelo científico que distingue as gerações mais jovens entre nós, vestia-se à moda francesa, usava óculos e puxava constantemente os punhos alvos de sua camisa.

O noivo da bela Aniela era um proprietário de terra da vizinhança e se apresentava como Manwed Werofski, um rapaz bonito, com dentes brilhantes sob um pequeno bigode preto, cabelos escuros, curtos e cacheados, olhos sentimentais, sempre de calças largas, que ficavam presas nas botas de cano alto, e casacão, todos pretos. Fumava charutos, adorava conduzir a conversa para a literatura e era capaz de declamar cem versos do *Pan Tadeusz* ou do *Konrad Wallenrod*, de Mickiewicz[2]. Seu trecho preferido do *Pan Tadeusz* era a história de Domeyko e Doweyko, e ele sabia recitar o duelo de ambos pela pele de urso com tanta dramaticidade que sempre conseguia arrancar, até mesmo do velho senhor, um sorriso que se esgueirava de maneira comovente e pueril sob seu bigode branco.

Havia ainda um terceiro rapaz, que tinha o hábito de sempre chegar atrasado, e esse mau hábito era sua sina, pois ele também havia chegado tarde demais à senhorita Aniela, tendo de se contentar em contemplá-la incessantemente e, ao menor movimento dela, levantar-se de um salto e trazer-lhe todo objeto possível. Desse modo, embora ele imaginasse ser capaz de adivinhar os desejos dela, certa vez lhe trouxe um apoio para os pés quando, na verdade, ela queria uma tesoura e fez o pequeno perdigueiro alemão, erguido pela pelagem, viajar pelos ares quando o olhar úmido dela dirigiu-se ao próprio lenço. Ele se chamava Maurizi Konopka, havia arrendado uma propriedade vizinha, na qual trabalhava com máquinas e, de modo geral, em tudo seguia as regras à risca, para espanto dos camponeses; além disso, só aparecia vestido de fraque, colete branco, luvas de pelica, meias bordadas a crivo e sapatos de baile. Como sempre só chegava quando todos já estavam reunidos e, além disso, fazia um grande esforço para entrar como um espectro, sem ser ouvido, normalmente era notado apenas quando ficava em pé no meio da sala, em suas solas leves. E como considerava impróprio chamar atenção para sua

---

2 Adam Bernard Mickiewicz (1798-1855), poeta polonês, autor do poema épico *Pan Tadeusz* e do poema narrativo *Konrad Wallenrod*. (N.T.)

presença cumprimentando em voz alta ou pigarreando, isso acontecia tão de repente que, na maioria das vezes, todos se assustavam, com exceção do velho herói, que, no máximo, tirava o cachimbo da boca por um instante, o que, por certo, queria dizer muito em seu caso.

Maurizi era um daqueles jovens excepcionalmente belos, de rosto infante, favorecidos pelas belezas maduras e experientes, mas muito pouco apropriados para representar o ideal do sonho de uma donzela. Por isso, coube-lhe também a amarga sorte de jogar tarô com o senhor Bardossoski e o sério adjunto noite após noite — e as noites de inverno na Galícia são longas —, enquanto o restante de nós conversava com as moças.

O noivo de Aniela conquistou minha simpatia desde o início. Era um excelente contador de histórias, o que lhe rendeu a reputação de fanfarrão entre muitas pessoas; em compensação, normalmente ele arcava com os custos da conversa, sem nunca ser infiel à natureza modesta que torna o polonês tão amável na companhia das damas. Logo nos tornamos amigos, visitávamo-nos um ao outro e saíamos muito para caçar juntos. Quando chegávamos à sua casa, cansados e famintos feito os sete suábios[3] e com uma lebre como presa, o samovar era trazido de imediato e o bom Valenty vinha tirar nossas botas enlameadas. Não adiantava protestar: eu tinha de calçar as pantufas de marroquim de Manwed e vestir um de seus preciosos roupões. Ele próprio abastecia para mim o longo cachimbo, e nada mais me restava a fazer além de passar a noite sob seu teto acolhedor.

Nessas ocasiões, ele aprontava toda sorte de travessuras. Tirava os lençóis das camas, enrolava-se neles e perambulava pela casa como um fantasma, suspirando e se lamentando para, finalmente, puxar pelos pés o velho Valenty — que rezava fervorosamente debaixo de seu

---

3 Referência aos personagens do conto "Os sete suábios", dos Irmãos Grimm. (N.T.)

pesado cobertor —, e, com rolhas queimadas, pintava bigodes nas camareiras.

☦

Próximo ao solar de Manwed ficava o velho castelo Tartakov, quase em ruínas e solitário no alto de uma rocha larga e plana, do qual viviam várias lendas assustadoras.

Certa vez, em uma melancólica noite de inverno, enquanto a neve tamborilava na janela levemente com dedos brancos e fantasmagóricos, o vento arrancava melodias insólitas do fogo vermelho na lareira e um lobo uivava ao longe, Aniela trouxe o assunto à conversa.

— O senhor sabia que, segundo dizem, a ruína é habitada? — perguntou.

— Quem mais além das corujas ou dos corvos poderia morar nessa construção abandonada, caindo aos pedaços? — observou o senhor Husezki com muita propriedade, como cabe a um jovem instruído e familiarizado com as ciências.

— Bem, a julgar pelo que dizem os camponeses, há toda sorte de habitantes por lá — replicou a senhora Bardossoska.

— Certo é que um homem idoso e grisalho foi visto lá em cima, uma espécie de castelão — disse Aniela. — Ele usa roupas como as de séculos atrás, e nossos lavradores afirmam que ele tem mil anos. Além disso, em um salão bem conservado, haveria uma mulher de mármore, encantadoramente bela, com olhos brancos e mortos, que, em determinadas noites, ganharia vida e caminharia pelos corredores sombrios, seguida por assombrações de todo tipo. Dizem que, nessas ocasiões, ouvem-se vozes estranhas, um pranto desenfreado, um lamento doloroso, um doce apelo...

— Bem, eu mesmo já ouvi uma harpa eólica — acrescentou o adjunto.

— Talvez esta terra seja povoada por demônios — disse Manwed. — Nas cabanas dos camponeses ainda rumoreja o Did, espírito da casa dos habitantes da Pequena Rússia[4]. Em segredo, ele ajuda a ordenhar as vacas, a varrer os aposentos, a lavar a louça, a escovar os cavalos, e só permite ser visto, revelando-se um homenzinho de um pé de altura com um longa barba grisalha, quando o senhor da casa está para morrer. Às margens dos lagos e rios, na escuridão do bosque, a Russalka, ninfa dos pequenos russos, balança-se nos galhos oscilantes, canta e produz grilhões dourados com seus cabelos, com os quais captura o iludido que dela se aproxima, e uma corda dourada, com a qual o estrangula. Nas cavernas das montanhas, cobertas de uma treliça verde, moram os endiabrados e apaixonados Maiki[5], que, lá em cima, nos prados verdes, fecham seus jardins encantados com cercas douradas, constroem pontes de pérolas sobre as águas murmurantes e dançam em clareiras floridas na floresta. Sequestram jovens que lhes agradam, depois os encantam com seus cachos decorados com guirlandas perfumadas e seus membros delicados, mas em seu belo semblante e em seus olhos faiscantes não reside nenhuma alma. Os lobos percorrem florestas e montanhas em alcateias; as mulheres selvagens, que o povo também chama de Bochinki ou deusas, são uma tribo aterrorizante, que rapta os filhos das pessoas e deixa em seus berços outras crianças, feias e deformadas, faz cócegas nos homens velhos até a morte e estrangula cruelmente os jovens após a noite de núpcias. Em meio ao povo também vivem as sábias[6], que controlam as forças secretas

---

4 Território correspondente à atual Ucrânia no período do Império russo. (N.T.)

5 Maika é o nome do elfo dos Cárpatos da Galícia. (N.A.)

6 Widma, as sábias ou bruxas dos pequenos russos, mas sem o caráter alquímico dos alemães. (N.A.)

da natureza, conhecem as ervas medicinais e a cura para o veneno das mordidas de cobras; são capazes de tirar a luz das estrelas e a saúde das pessoas. Quando seu corpo dorme, sua alma voa como pássaro e, em certas épocas, elas viajam até Kiev no dorso de um gato preto e fazem suas reuniões no ar, pairando sobre a cidade sagrada. Sim, aqui entre nós, as estrelas que caem na terra assumem forma humana e se tornam vampiros[7]. Além disso, há pessoas com olhar maligno e, à noite, as almas das crianças vagueiam, pedindo o batismo.

— Por que aqui também não haveria de existir toda sorte de assombração e uma bela mulher de mármore frio cujos membros brancos são percorridos à meia-noite pelo sangue quente da vida?

— Quanta imaginação! — exclamou o senhor Husezki. — Mas agora eu gostaria de saber qual é a verdadeira história desse castelo.

— A verdade, eu posso lhes dizer, meus jovens — iniciou o velho senhor após uma breve pausa, enquanto a senhorita Kordula abastecia o samovar com brasa ardente e as pequenas mãos rosadas de Aniela tocavam no piano acordes de uma melancólica melodia popular. Ele começou envolvendo-se em nuvens azuladas. — A verdade — continuou — é que, de fato, no salão do castelo pode-se ver uma magnífica estátua de mármore que representa uma bela mulher, uma maravilha de mulher. Alguns afirmam que um antepassado da família Tartakovski partiu para a Palestina com a cruz vermelha no peito a fim de libertar o Santo Sepulcro e trouxe de Bizâncio uma estátua de Vênus, esculpida pelas mãos de um artista grego. Outros contam que uma senhora da família Tartakovski, conhecida por sua beleza e seus vícios, deixou-se cinzelar dessa forma por um escultor italiano, com trajes não condizentes com a moda da época e que Eva já teria usado no Paraíso, de resto, antes do pecado original. Isso teria ocorrido nos

---

7   Letawiza, a estrela cadente. (N.A.)

tempos de Benvenuto Cellini[8], e a bela mulher seria a estaroste[9] Marina Tartakovska.

— É isso mesmo — disse de repente uma voz profunda e suave, que parecia vir do reino dos mortos.

Todos se sobressaltaram ao mesmo tempo em seus assentos. Aniela deu um grito estridente e levou as mãos ao rosto; a xícara escapou da mão da senhorita Kordula, explodindo no chão como uma granada e fazendo o pequeno perdigueiro alemão, que havia sido atingido por um estilhaço, começar a latir furiosamente.

— Peço perdão e me ajoelho a vossos pés — sussurrou Maurizi Konopka, que mais uma vez havia entrado imperceptivelmente, como que flutuando em seus sapatos de dança, e já estava no meio de nosso círculo. — O retrato em tamanho natural — continuou em voz baixa — está pendurado em um aposento do castelo, revestido de lambris escuros de madeira, cujo teto apresenta um grande afresco: o banho de Diana. Ao surpreender Acteon, a deusa o transforma em um cervo. A estaroste está vestida de veludo escuro e traz na cabeça um gorro polonês com penacho. Vi a imagem, e a estaroste parecia me observar. Senti como se minha pele estivesse sendo esticada em um belo tambor tártaro.

— É possível — interveio o adjunto. — Na Cracóvia há inúmeros documentos antigos e estranhos, inclusive muitos processos da época da estaroste Marina. Eles demonstram a arbitrariedade dessa bela viúva, que residia em Tartakov e o comandava como uma monarca absoluta. Certa vez, ela foi acusada do assassinato de um de seus serviçais. Como ele era de origem nobre, uma comissão régia foi até ela, mas a mera visão dessa mulher fascinante bastou para desarmar os juízes. Expulsa pelo

---

8   Benvenuto Cellini (1500-1571) foi um escultor italiano do Renascimento. (N.T.)

9   Na Idade Média, chefe de uma comunidade eslava. (N.T.)

Cupido com um ramo de rosas, a justiça voltou de mãos abanando para casa. De resto, dizem que hoje o castelo não tem dono.

— Bem — disse o senhor Bardossoski ao tirar com espanto o tubo de âmbar da boca —, que fim teria levado a viúva do último proprietário, a bela Zoë Tartakovska?

— Nos últimos tempos, ela viveu em Paris — respondeu o adjunto —, mas recentemente fiquei sabendo que faleceu.

— Que pena! — murmurou o velho senhor. — Ela era como a estaroste Marina, só que um pouco mais ajustada à moda, uma bela mulher.

— Ora, ora, não se empolgue demais — disse a senhora Bardossoska.

Por algum tempo, ninguém se pronunciou, então Manwed levantou-se de repente e comunicou:

— Preciso ir.

— Aonde?

— Ao castelo mal-assombrado.

— Como se atreve? — indagou a senhor Bardossoska. — É assustador o que se ouve de lá.

— Bem, penso que não me faltará coragem para fazer o mesmo que o senhor Konopka ousou fazer — respondeu Manwed, torcendo o bigode.

— Oh! Ele só está brincando — murmurou Aniela.

— Não estou, não, senhorita.

— Manwed, você não vai até a mulher de mármore! — exclamou, então, Aniela, com toda a veemência que tinha à disposição.

— Vou, sim, e à noite. Quero ver se a beleza fria volta à vida.

— Manwed — disse Aniela, com voz fraca, mas em tom muito firme —, eu o proíbo de ir.

— Perdoe-me — murmurou o teimoso —, mas terei de ser indelicado e não lhe obedecer desta vez.

Aniela o fitou por um bom tempo, mais surpresa do que brava, e desviou o olhar. Seu peito elevou-se, sua respiração parou, lágrimas escorreram por sua face.

Manwed pegou seu gorro, despediu-se brevemente e partiu. Não demorou muito para ouvirmos o chicote de seu cocheiro estalar e os sininhos soarem.

Aniela deixou a sala soluçando. Na manhã seguinte, visitei Manwed com o intuito de promover a paz, mas ele se mostrou ainda mais obstinado do que na noite anterior.

— Nossas mulheres são todas tiranas! — exclamou, furioso. — Só que umas nos pisoteiam, e as outras nos maltratam com lágrimas. Se eu ceder desta vez, estarei perdido. Agora, sim, é que vou visitar esse misterioso castelo, e imediatamente.

Vestiu-se com pressa, mandou selar o cavalo e despediu-se de mim diante da escadaria de sua casa.

— Então você vai mesmo?
— Está vendo que vou, não?
— Bem, estou curioso para ver no que isso vai dar.
— Eu também.

Depois de um aceno mútuo com a cabeça, ele esporeou o cavalo. A neve crepitou sob os cascos do animal e pedaços brilhantes de gelo voaram. Observei-o até ele desaparecer em meio à névoa branca.

☦

Manwed não apareceu por duas noites. Na terceira, voltou e foi recebido com bastante frieza. Aniela parecia nem olhar para ele. Ela se entretinha e brincava com o pequeno perdigueiro em voz bastante alta, o que não era do seu feitio. O cão se mostrou muito feliz, rosnava, gania e latia alternadamente, ora se inclinando sobre as patas dianteiras, ora se sentando nas traseiras e abanando a cauda sem parar.

Ao contrário do que costumava fazer, Manwed ficou sentado em silêncio, com o rosto sério, pensativo e muito pálido, apenas seus olhos escuros flamejavam. Uma ruga sinistra repousava sobre eles como uma sombra ou a cicatriz do golpe de um sabre.

Por fim, o velho senhor tomou a palavra.

— E então? O que tem a dizer? Por acaso esteve lá em cima, senhor Werofski? — perguntou, dando ênfase ao termo "senhor".

Manwed contentou-se em concordar ligeiramente com a cabeça.

— Pois então, conte como foi — pediu o adjunto, puxando apressadamente os punhos da camisa para fora das mangas de seu casaco preto.

— Não estou curiosa — comentou Aniela.

— Não deixa de ser interessante — disse a dona da casa com dignidade. — Pegue uma xícara de chá quente e conte como foi.

E Manwed pegou uma xícara de chá quente, soltou o grande nó do lenço de seda em seu pescoço, esfregou as pálpebras e começou a falar.

☦

— Se estou aqui, sentado entre vocês, ouvindo o samovar cantar, o fogo crepitar e o grande cachimbo do distinto senhor Bardossoski suspirar em alto e bom som, eu acreditaria que dormi dois dias, duas noites e mais um dia, e que os sonhos mais estranhos e sinistros me atormentaram nesse período. Sim, eu acreditaria que ainda estou sonhando, pois uma névoa fina e transparente, como o véu de uma Maika, tecido com a luz pálida da lua, separa-me de vocês, e ao longe há uma figura que aponta e acena...

"Era uma manhã ensolarada de inverno, repleta do brilho e do jogo de luzes douradas do sol na neve branca, que envolve a terra com delicadeza; nos altos abetos e pinheiros, que esticam seus galhos como braços pretos saindo de mantos brancos; nas franjas de gelo com as quais os telhados de palha das cabanas de camponeses são decoradas em sua face norte; no lago congelado, transformado em um campo prateado; e na plumagem preta-metálica dos corvos, que passam rigidamente pelo caminho, meneando a cabeça com uma espécie de importância e levantando voo de maneira pesada, como se não quisessem, para depois pousarem de novo na rua ou em uma árvore coberta pelas agulhas faiscantes dos pinheiros. De todas as fendas e fissuras da montanha subiam lentamente, girando em espirais, vapores cinzentos, como a fumaça de velas apagadas, encobrindo o sol e movendo-se com rapidez em minha direção.

"Em meio a essa torrente úmida e caudalosa de neblina, meu cavalo parecia não caminhar, mas nadar para a frente, e de vez em quando uma aparição fantástica, envolvida em um véu impenetrável ou com uma barba branca ondulada, agachava-se em meio aos arbustos e nos limites do campo.

"Contudo, não demorou muito para o céu transformar-se em alabastro transparente, tingindo-se cada vez mais, e por fim mostrar um círculo incandescente, a partir do qual o sol se destacava, triunfante. As ondas cinzentas aglomeravam-se em nuvens e revolviam-se sobre a floresta. Uma brisa rosada pairava ao redor delas; de repente, árvores e arbustos apareceram adornados com pérolas iluminadas, e a neve tinha o brilho branco do cetim. Em meio à floresta escura, as montanhas se mostravam claras e brancas como giz, e todo cume eminente era circundado por uma auréola luminosa. O céu tinha um pálido tom de verde, que aos poucos se perdia no azul até o azul-celeste mais puro se estender sobre mim e apenas pequenas nuvens brancas como cisnes passarem por ele.

"Eis que então também apareceu à minha frente a rocha cinza e em ruínas, com o castelo sombrio.

"Cavalguei ao redor dele e encontrei um declive suave, sobre o qual se estendia uma mata fechada, mas ali não se via nenhuma estrada, nem mesmo uma trilha. Meu animal teve de abrir caminho sozinho, bufando. Assim, finalmente cheguei a um grande portão com ferragens enferrujadas e procurei em vão por um sino ou por uma aldraba. De ambos os lados, erguia-se o muro alto e cinzento, em cujo largo merlão havia se formado uma espécie de pequeno jardim ao longo dos séculos. Algumas raízes desciam por toda a altura do muro e se entrelaçavam em formas estranhas na parte inferior. Acima do portão havia um brasão cinza, apagado pela chuva.

"Fiquei em pé no estribo e dei um grito, mas antes ainda que ele ecoasse nas rochas próximas, um portãozinho estreito em uma das folhas do grande portão se abriu com um suspiro horripilante, e um homem velho apareceu, cumprimentando-me com uma profunda reverência e um gorro na mão. Eu nunca tinha visto alguém como ele, a não ser em retratos muito antigos ou em peças teatrais sobre a história polonesa.

"Ele me deu a impressão de ser uma daquelas estátuas de pedra cinza, corroídas pelo tempo, que jazem de mãos cruzadas nos túmulos de mármore de nossos nobres, mortos há séculos. De certo modo, toda a figura do ancião era decadente e trêmula, como se fosse pulverizar-se em bolor no instante seguinte. Seu rosto enrugado, com bochechas amareladas, parecia um respeitável pergaminho coberto de inúmeras pequenas rugas, como se fossem uma escrita que se tornou ilegível. Seu traje era polonês antigo, como do tempo de João Casimiro[10], quando o corte tártaro já havia substituído totalmente o eslavo. Ele calçava botas de marroquim de cano alto, com muitas pregas, que devem ter sido verdes um dia. Sobre a calça larga, uma longa capa, cujas mangas abertas nas laterais estavam amarradas nas costas, e um cinto de metal largo. De seus ombros pendia um sabre curvo, atado a um cordão espesso. Tudo isso tinha uma cor cinza pálida e sombria. Em sua cabeça calva, via-se

---

10 João II Casimiro Vasa (1609-1672) foi rei da Polônia e grão-duque da Lituânia de 1648 a 1668. (N.T.)

um tufo de cabelos espetados, levemente movidos pela corrente de ar. Era como se ele tivesse raspado a cabeça, seguindo a moda da época, mas tivesse cabelos cacheados, como as hordas de tártaros.

"Seu bigode grisalho descia até a capa. Mais uma vez, ele se curvou de modo muito cortês e cerimonioso.

"'Você deve estar surpreso por receber uma visita, hein, velhinho?', perguntei da maneira mais descontraída que consegui. Ele fez que não. 'Eu o estava esperando', respondeu, e um sorriso amigável se esboçou em seu semblante de pedra.

"'Ponha seu gorro', pedi.

"Ele aquiesceu, enviesou o *czapeka* cinza sobre a orelha esquerda, abriu o portão e, depois que entrei com meu cavalo, ele o fechou e trancou atrás de mim. A grande chave emitiu um lamento no fecho enferrujado.

"'Então, vai me mostrar todos os seus tesouros, velhinho?', perguntei, depois de apear e ele pegar as rédeas de meu cavalo.

"'Será uma honra rara para mim', respondeu com uma voz que soava como uma porta corroída pela ferrugem. 'Chamam-me de Jakub, se o senhor não tiver nada contra, meu benfeitor.'

"Enquanto ele conduzia meu cavalo ao estábulo, tive tempo de dar uma olhada no pátio do castelo. À minha frente, havia uma espécie de palácio com telhado cor de chumbo, sob o qual uma cabeça de dragão estava pronta para cuspir a água da chuva em um amplo arco, uma sacada sustentada pelos ombros de pedra de turcos nus e uma suntuosa escadaria. Em um nicho profundo, formado pelo muro, viam-se a cabeça horrível e as mãos carregadas de correntes de um príncipe mongol, esculpidas na pedra. O pátio pavimentado de pedras e coberto de um fino tapete de neve tinha em seu centro uma cisterna de alvenaria, sobre a qual uma grande tília esticava seus amplos galhos. Empoleirados neles, duas gralhas emitiam, vez por outra, um estridente grito de alegria, como se estivessem cumprimentando o estranho com dignidade. Por toda parte havia entulho, telhas quebradas e montes desordenados de pedras.

"O velho voltou, acenou para mim e pôs-se a abrir a grade que trancava a escadaria. Seu passo e seus movimentos tinham algo sombrio. Se o sol estivesse brilhando, creio que eu conseguiria ver através daquele homem. Somente agora me dou conta de que um grande corvo silencioso e sério seguia seus passos.

"Ele me conduziu lentamente pela escadaria, abriu no alto uma porta adornada com primor, e ultrapassei a soleira do mal-afamado e sinistro edifício. Subimos e descemos por amplas escadas de mármore e uma escada secreta de caracol, percorremos corredores que começavam largos e magníficos como uma alameda, depois tornavam a ficar abafados e assustadores como o poço de uma mina. Grandes portas de cor castanha como a madeira, com maçanetas de metal, foram abertas e novamente trancadas. Às vezes, bastava pressionar com o dedo para uma parede se abrir e permitir nossa passagem, e pelos corredores dos aposentos moviam-se conosco as sombras dos séculos passados. De um lado pendiam armaduras pretas com asas brancas de anjo, bandeiras turcas capturadas, tímpanos de exército, aljavas tártaras com flechas envenenadas, em aposentos cujos papéis de parede apresentavam cenas do Antigo Testamento, desbotadas e devoradas pelas traças, que ao mais leve toque saíam aos montes de suas tocas e voavam zumbindo. De outro lado, um corredor mais adiante, reinava a graça caprichosa de uma beleza rococó. Viam-se *boudoirs*[11] encantadores cujas paredes eram revestidas de cetim azul desbotado ou musselina branca já amarelada, com grandes lareiras, sobre as quais repousavam porcelanas chinesas bojudas e penteadeiras dotadas de espelhos com molduras de prata e toda sorte de bibelôs da época.

---

11   Quarto de uso exclusivo de mulheres. (N.T.)

"De salões majestosos, decorados com estuques elaborados e gigantescos afrescos, chegava-se a dormitórios com magníficas camas com baldaquino. Sobre um pedestal de mármore, um vaso, como apenas o senso estético de um grego ou italiano seria capaz de criar, e, uma porta mais adiante, um grande armário esculpido, que ocupava a largura da parede e estava repleto das mais extravagantes taças e louças coloridas, ornadas com frases concisas, como as produzidas pelo estranho gosto alemão dos séculos XV e XVI. Um caruncho martelava os preciosos lambris enegrecidos pelo tempo; a maioria das janelas estava opaca, e nos quadros antigos que adornavam as paredes em toda parte as cores escureceram-se tanto ao longo dos séculos que os intrépidos cavaleiros, os gloriosos estarostes e as damas ricamente vestidas pareciam envolvidos por uma profunda sombra. Aqui e ali, um belo semblante como que resplandecia em meio à escuridão da noite. Tudo estava desarrumado, decadente, coberto de uma poeira cinza e teias de aranha; o ar cheirava a mofo, e, de repente, o velho homem cinzento também me pareceu coberto de bolor.

"Por fim, chegamos a um aposento razoavelmente grande, de formato quadrado e revestido de madeira escura, no qual não se via nenhuma peça de mobília nem apetrechos. Do centro de uma das paredes pendia um quadro com molduras douradas e escurecidas, também coberto de uma cortina verde.

"O ancião fez sinal para eu ficar parado. Durante todo o passeio, ele não havia pronunciado nenhuma palavra e, dessa vez, também só se comunicou por gestos e olhares. Aproximou-se na ponta dos pés da cortina verde e puxou um cordão escondido.

"A poeira se levantou e da nuvem cinza, que rapidamente desapareceu, surgiu uma figura feminina de insólito encanto. Era uma mulher alta, esguia como uma serpente, vestida de veludo escuro. Virado para mim, seu semblante dificilmente poderia ser chamado de bonito, mas era encantador com sua intensidade suave e sua melancolia sorridente, diabolicamente emoldurado por cachos escuros, sobre os quais um gorro polonês repousava com garbo e leveza. Seus grandes olhos escuros e ardentes pareciam fosforescer e seguir-me quando recuei.

"Não sei o que havia naquele olhar. Era algo incompreensível, que cortou meu fôlego, fez meu coração disparar e meus joelhos tremerem.

"'É bem parecida com ela', sussurrou o velho.

"Olhei para o homem com horror, como quem acaba de descobrir que está olhando para uma pessoa perturbada. Ele pareceu ter notado, deu de ombros e cobriu a imagem. Nesse momento, senti uma dor ardente no indicador. Era minha aliança de noivado, que, pela primeira vez desde que a uso, cortava minha carne.

"'Então, senhor Jakub', disse eu, 'vai me mostrar também a mulher de mármore?'

"Pela manga de sua capa, ele esticou a mão esquelética, que não era muito diferente de uma folha murcha, e a agitou de um lado para o outro.

"'Sei que o senhor veio por causa disso, mas este não é o momento', disse com um chiado na voz. 'Volte amanhã à noite, senhor benfeitor. Teremos lua cheia, e o mortos estarão vivos.'

"'Você está em seu juízo perfeito?', indaguei, meio inconsciente.

"'Estou, sim, meu caro senhor', respondeu ele com um sorriso, que se esboçou como um raio de sol em seu bigode grisalho. 'E sei o que estou dizendo, o quadro é bem parecido com ela, e a pedra morta também é semelhante. Eu a conheço. Quem mais a conheceria, senão eu mesmo? Eu a balancei nestes meus joelhos, e isso é tão certo quanto meu amor a Deus.'

"Fiquei arrepiado diante da profunda convicção com a qual o velho homem enunciava o impossível. Rapidamente, dei a ele uma moeda de prata, que ele pegou com deferência. Em seguida, apressei-me até o pátio, esperei que ele trouxesse meu cavalo e desci a encosta cavalgando com o propósito de nunca mais me aproximar do misterioso castelo nem de seu insano morador.

"Mas esse foi um propósito como todos os outros. Já no dia seguinte, chamei-me de covarde. Ao meio-dia, fiz a mim mesmo um belo discurso contra as superstições e, ao anoitecer, eu estava sentado na sela para fazer uma visita à bela estátua de mármore.

"Fazia frio, mas o ar estava sereno e sem movimento. Como o grande disco límpido da lua cheia já se encontrava alto no céu, da luz dourada e do brilho das estrelas não se via nada além de um pálido vislumbre crepuscular. Parecia ser dia, um dia escuro, com luz cinzenta, mas dia, de tão forte que era o clarão prateado da lua, inundando a proximidade e a distância e sendo nitidamente refletido pela neve, que envolvia tudo ao redor de maneira uniforme, com seu branco ofuscante. Todo objeto, por menor que fosse, podia ser reconhecido ao redor; apenas ao longe pairava como que uma leve fumaça e, atrás dela, as montanhas apareciam envolvidas em um véu de diamante.

"Em noites claras e calmas como aquela, neve e lua são artistas admiráveis, construtoras e escultoras acima de tudo, que disputam para colocar figuras em nosso caminho e erigir edifícios fabulosos.

"Onde normalmente há uma cabana perdida, coberta de fuligem e com telhado de palha torto, elas ergueram um magnífico palácio de gelo com janelas brilhantes, como os que foram construídos sob o regime da czarina Anna sobre o gelo do rio Neva. De uma extensa colina, colunas escuras despontavam com capitéis faiscantes, erguendo-se livremente no céu como as ruínas de um templo grego. Uma mulher tártara, envolvida da cabeça aos pés em um véu branco, parecia estar em pé à margem do lago, olhando-se na superfície congelada, de brilho esverdeado, como se estivesse diante de um espelho, enquanto ao longe sobressaíam imagens divinas, esculpidas em mármore deslumbrante, e na planície reluzente do prado, elfos graciosos se entrelaçavam em uma dança de roda fantasmagórica.

"No cemitério, cada um dos pobres túmulos era adornado com um sarcófago alto, sobre o qual brilhava uma cruz branca, e mortos inquietos pairavam ameaçadoramente entre eles, arrastando suas mortalhas.

"A roda do moinho estava petrificada, grandes colunas de gelo sustentavam a calha, a queda prateada do riacho estava congelada e nela fulguravam plantas perenes e talos de todas as cores possíveis, como as flores de pedras preciosas de *As mil e uma noites*.

"E se ao redor não se viam telhados, árvores nem o menor arbusto que fosse, apenas a maré brilhante e silenciosa da lua na onda branca da neve, senti como se flutuasse nas alturas, montado em um cavalo mágico, com as estrelas acima de mim e as nuvens brancas e cintilantes abaixo.

"Não demorou muito para que a terra voltasse a anunciar sua proximidade. As luzes de uma aldeia espreitavam o crepúsculo prateado; uma forja lançava faíscas e uma coluna vermelha de fogo subia ao céu, saindo de sua chaminé; pesadas marteladas atravessavam a noite em ritmo melancólico, e no limite do campo havia um poço coberto de neve cujo brilho congelado formava estranhos arabescos. Atrás das cabanas erguia-se a encosta da montanha, coberta por um pinheiral com cumes nevados, como se um exército de cossacos a descesse em cavalos pretos, munidos de altos gorros brancos de pele de cordeiro e lanças brilhantes. Onde antes havia espigas amarelas de milho, um campo coberto de neve reluzia como um canavial iluminado pela lua no espelho claro de um lago.

"Um pouco mais adiante, via-se uma cruz no caminho, à qual o Salvador estava preso com pregos de diamante e carregava uma coroa de raios reluzentes em vez daquela de espinhos escuros.

"E se até então não houvera sinal de vida, um bando animado de lebres de pelo cinza apareceu de repente na semeadura de inverno, coberta de neve, brincando e namoricando à luz nupcial da lua. De um lado, algumas remexiam a neve com diligência, a fim de encontrar comida; mais além, outras brincavam e gritavam como crianças pequenas, batendo umas nas outras com as patas dianteiras; outras ainda vieram saltando levemente em minha direção e se sentaram de repente para me observar, puseram as orelhas para trás e, com a mesma rapidez, esticaram-se alegremente ao me observarem seguir adiante em minha cavalgada. Ao longe, uma velha raposa resmungava com um regougo rouco.

"Assim cheguei ao castelo Tartakov.

"Meu cavalo estremeceu diante do portão, e quando o estranho ancião, sem ser chamado nem solicitado, abriu suas pesadas folhas, o animal recuou e recusou-se a entrar no pátio, repleto de luz mágica. Por fim, ele obedeceu às esporas, mas tremendo e bufando com tristeza. Quando o velho me conduziu pela ampla escadaria de pedra, uma corrente de ar gelada se ergueu e a antiga tília murmurou com melancolia. Lá embaixo, uma intensa torrente de montanha se precipitava de maneira assustadora. Nem mesmo o inverno, com suas correntes de gelo, era capaz de dominá-la, e sobre minha cabeça passaram sons fabulosos, comoventes e tristemente doces.

"'O que é isso?', perguntei.

"'É a harpa eólica', respondeu o ancião. 'Até onde me lembro, já faz cem anos que está na torre.'

"Entramos em um quarto acolhedor, com cortinas verdes, confortavelmente aquecido. A lenha fresca de abeto ardia na lareira e espalhava um agradável odor narcótico. Diante de um sofá florido, uma mesa posta. Notei a preciosa porcelana e os antiquíssimos talheres de prata decorados com o brasão da família Tartakov.

"O velho esquisito me convidou a tomar lugar, pôs

o samovar na mesa e me serviu com toda a dignidade de um mordomo grisalho. Bebi apenas um pouco, pois estava muito agitado. O ponteiro no antigo relógio de parede me pareceu imóvel.

"Por fim, aproximou-se da décima segunda hora.

"'É hora', disse eu.

"'Sim, é hora', concordou o homem. Tirou o molho de chaves do cinto e começou a abrir, porta após porta. Percorremos novamente longos corredores e uma série infinita de aposentos, só que, desta vez, tudo havia adquirido uma vida espectral. Das viseiras pretas dos elmos, olhos hostis piscavam para mim, as figuras sinistras ameaçavam sair das molduras douradas para os tapetes puídos, e até mesmo as velhas bandeiras e as cortinas pareciam mover-se e sussurrar.

"Depois de abrir a porta preta com ornamentos em prata de um salão, no qual eu entrava pela primeira vez, o velho disse:

"'Aqui sou obrigado a deixá-lo sozinho, meu benfeitor. Siga em frente com coragem. No fundo do salão, o senhor chegará a duas escadas. A da esquerda conduz à mulher de mármore. Basta subi-la.'

"Ultrapassei a soleira e me encontrei em um magnífico salão com janelas altas, as quais filtravam a luz plena da lua que iluminava todo o ambiente de maneira mágica. Ouvi a porta se fechar atrás de mim e os sons tristemente doces da harpa eólica flutuarem no ar. Senti como se uma pedra fria tivesse caído em meu caminho, mas criei coragem e segui em frente.

"Meus passos ecoavam nas lajes de mármore e, à medida que eu me aproximava lentamente das duas escadas no fundo do salão, duas figuras se ergueram do chão sob a luz prateada da lua.

"À minha direita estava o Salvador em seu manto branco esvoaçante, a bela cabeça ornada com a coroa de espinhos, a pesada cruz no ombro, o olhar repleto de dor mansa voltado para mim, e me acenou com a mão.

"À minha esquerda surgiu uma mulher cujos membros de mármore pareciam esticar-se e iluminar-se à luz da lua, uma mulher daquele tipo de beleza que contém algo diabólico que nos captura com adorável tormento, que nos ensina a exultar no sofrimento e a chorar no prazer. Sua mão branca e fria parecia querer alcançar meu quente e palpitante coração; seus olhos brancos e mortos tinham um brilho embaçado e aveludado, e um olhar que atravessou minha alma como brisa de primavera.

"'Você há de carregar a cruz da humanidade!', o Salvador parecia me dizer delicadamente, mas ela projetou os lábios mortos, doces e flutuantes para me beijar.

"Uma força misteriosa me atraiu para ela, degraus acima, no suave brilho crepuscular que pairava ao seu redor, e como eu estava ajoelhado à sua frente, tirei o anel e o coloquei em seu dedo branco. Ela o recebeu com calma e frieza, como uma estátua de mármore, como uma deusa, uma morta, e eu abaixei meus lábios até seus belos pés e os beijei.

"Em seguida, levantei-me e estiquei a mão até o anel.

"Então, aconteceu algo inacreditável que fez meu coração parar e confundiu minha mente. Ela fechou a mão e não me devolveu a aliança.

"Fui tomado pelo horror, recuei e quase caí de costas na escada, mas me recobrei e disse a mim mesmo, em voz alta:

"'Isso é um jogo da imaginação, um truque da lua, nada mais.'

"O firmamento ecoou minhas palavras, mas com ironia, ao que me pareceu, e com um tom que não era o meu. Aproximei-me novamente da bela mulher, e ela de fato me estendeu a mão branca e aberta com divina graça, como havia feito antes. Vi em seu dedo o anel de ouro. Mais uma vez, tentei tirá-lo dela, mas ela fechou a mão e, quando eu quis usar a força, senti os dedos de mármore fecharem-se em punho entre minhas mãos. Fui percorrido por um calafrio.

"Não sei como saí do salão nem do castelo. Só recobrei os sentidos quando o vento gelado da manhã cortou minha face; mas a mulher espectral parecia ter me seguido, pois a vi em uma nuvem que passava sobre o lago, soprada com delicadeza pelo alvorecer, e vi novamente, não muito longe do meu solar, seu belo corpo branco cintilar entre os pinheiros escuros. Desde essa ocasião, vejo-a em sonhos e em vigília. Com os olhos abertos, vejo-a entrar suavemente no quarto como um raio de luar e sorrir para mim com seus olhos brancos de morta."

☨

Enquanto Manwed narrava seu relato, o senhor Konopka entrou no recinto, talvez não exatamente como um raio de luar, mas, em todo caso, sem fazer barulho, e fitou a encantadora Aniela. De repente, a moça deu um grito estridente, todos olhamos ao mesmo tempo para o bom jovem e não houve quem não tivesse estremecido um pouco.

— Mas o que há com o senhor? — perguntou a senhora Bardossoska com irritação. — Por que tem sempre de nos assustar?

— Não sei — respondeu ele, tremendo feito vara verde —, mas uma coisa é certa: eu mesmo sinto muito medo.

— Do que o senhor tem medo? — perguntou Kordula em tom irônico.

— A história do senhor Werofski arrepiou todos os meus cabelos — balbuciou Maurizi.

O velho senhor soprou de lado uma nuvem de vapor azulado, comprimiu o tabaco com os dedos e disse:

— Uma história muito bem narrada!

Aniela se levantou e pegou a mão de Manwed.

— Onde está o anel que lhe dei? — perguntou, e sua testa, normalmente tão límpida, foi atravessada por uma profunda sombra.

— Não está comigo.

— Que brincadeira de mau gosto! — exclamou Kordula.

— De fato — acrescentou seu pretendente.

— Não é uma brincadeira — disse Manwed. — O anel está com a morta de mármore.

Ninguém voltou a tocar no assunto, mas todos estavam visivelmente aborrecidos; por isso, Manwed apressou-se em partir. Acompanhei-o até seu trenó.

— Você não acha que está na hora de mudar seu comportamento? — perguntei.

— Então, você também pensa que estou brincando — respondeu ele, com irritação. — Pois bem, vou lhe dizer que não tenho mais vontade de que minha alma fique à mercê de um demônio em forma de Vênus nem quero mais amar como louco essa beleza fria e morta, desprovida de coração, de fala e de olhos.

Ao voltar para a casa, encontrei todos os presentes em uma agitação indescritível. Maurizi jurou que não voltaria sozinho para casa, e o adjunto discorreu, de maneira didática, a respeito do poder da imaginação sobre as pessoas. Os sentimentos do senhor Bardossoski podiam ser interpretados exclusivamente por meio de seu longo cachimbo, que choramingava e gemia como uma criancinha. Ninguém tinha vontade de comer nada, e as cartas de tarô permaneceram intactas. De repente, a dona da casa franziu as sobrancelhas e olhou pela janela.

— Quem está ali? — perguntou timidamente.

Todos olhamos ao mesmo tempo para uma figura branca, misteriosamente iluminada pela luz pálida da lua.

— É ela — murmurou Maurizi. — Está procurando por ele.

— Quem? — perguntou Aniela, tomada pelo ciúme. Sua voz tremia.

— A mulher de mármore, quem mais poderia ser! — respondeu Maurizi.

Ele acenou para ela com a mão, como se quisesse dizer: "Quem você está procurando já saiu, já está longe daqui", mas a figura branca não se moveu.

— Minha pistola! — ofegou o senhor Bardossoski. — Vou carregá-la com uma bala consagrada, e aí vamos ver... — não terminou a frase, mas tirou a arma da parede e a engatilhou.

— Converse com ela — suplicou Aniela.

— Madame — começou Maurizi com uma voz realmente patética —, ele não está, foi para casa; se a senhora se apressar, ainda poderá alcançá-lo. Para a senhora, isso é fácil. — Ele estava batendo os dentes. — Veja — continuou, beliscando meu braço —, essa mulher horrível está exalando uma respiração ardente. Não é estranho?

— Mais estranho ainda — disse o velho senhor com uma risada acolhedora — é o fato de o fantasma estar fumando um cachimbo.

Foi lentamente até a janela, abriu-a, e então vimos, com toda clareza, a assombração à luz da lua.

Do pátio ecoou uma risada travessa.

Um boneco de neve, com cabeça grande, rosto tolo e redondo e pernas grossas estava ali em pé, como se fosse um marinheiro. O cocheiro e os empregados o haviam construído com toda a arte de que dispunham, e o cossaco tinha colocado em sua boca larga o cachimbo curto e aceso. Ouviu-se, então, uma risada alta e descontraída na sala e no pátio, onde os arteiros haviam se escondido atrás de uma carroça. O samovar foi posto na mesa, as cartas de tarô foram recuperadas, e conversamos descontraidamente até depois da meia-noite.

‡

Na noite seguinte, Manwed foi à casa da família Bardossoski com o firme propósito de se reconciliar com Aniela. Seu comportamento delirante, que beirava a confusão mental, parecia ter desaparecido por completo; tudo nele evidenciava seriedade, decisão e arrependimento. Ele não demorou em se explicar. Quando Aniela entrou na sala, pálida e com os olhos semicerrados, ele foi até ela e fez uma profunda reverência.

— Senhorita — iniciou em tom simples, que falava ao coração —, eu a ofendi com um comportamento enigmático, que você não merecia de modo algum. Estou totalmente ciente de minha culpa e peço que me perdoe.

— Muito bem! — exclamou o velho senhor, batendo palmas vigorosamente, como se estivesse aplaudindo a boa encenação de um pretendente no palco.

Aniela quis responder, mas só moveu os pálidos lábios sem emitir nenhum som.

— Dê a mão a ele — disse sua mãe.

A pobre moça esticou as mãos, e Manwed as pegou com todo o entusiasmo de um apaixonado. Fez até um movimento, como se quisesse beijar a noiva, mas no mesmo instante ficou pálido e rígido como um morto, seu olhar aterrorizado permaneceu fixo no ar e, por fim, ele recuou cambaleando e exclamou:

— O que você quer? Por que está me ameaçando?

— O que você tem? — perguntou Aniela, assustada.

— Ela está ali — continuou ele —, entre você e eu, a mulher morta de pedra; está com meu anel no dedo, advertindo-me. Agora, ela está saindo pela porta, flutuando, ali, ali, e está acenando para mim.

Nesse instante, Maurizi apareceu novamente, em uma capa branca, como o comendador em Don Juan. Um grito de susto fez a sala estremecer. Aniela levou as mãos ao rosto, e Manwed afundou em uma poltrona.

— Estou muito assustado — iniciou Maurizi, tremendo por inteiro.

— O senhor não poderia entrar como qualquer pessoa? — resmungou o velho senhor.

— O senhor está doente — disse o adjunto a Manwed. — Talvez esteja com tifo. Tente suar. Deite-se e tome um chá de sabugueiro.

— Estou começando a ficar com medo dele — murmurou Aniela.

Manwed olhou ao redor com olhos vítreos, levantou-se, passou a mão na testa e deixou a sala. Uma semana se passou sem que o víssemos. O senhor Bardossoski foi até a casa dele, mas não o encontrou. Eu também não tive sorte, mas na mesma noite ele retribuiu minha visita. Como alguém que tivesse acabado de sair do túmulo, com o semblante transtornado e pálido, ele entrou em minha casa tremendo, estendeu-me a mão e ficou mais de uma hora sentado comigo, sem falar e até mesmo sem ouvir o que eu lhe dizia.

— Venha! — exclamou de repente. — Preciso de ar. Acompanhe-me.

Mandei selar dois cavalos, e cavalgamos em galope ligeiro pela estrada, atravessando os campos cobertos de neve em direção à sua propriedade, por entre árvores camufladas de branco. De repente, ele parou seu cavalo baio e apontou para a frente.

— Está vendo? — sussurrou com voz rouca, como se estivesse com febre. — Você a vê?

— Não estou vendo ninguém.

— Ali, *a mulher branca*, galopando no cavalo preto.

Era aquele momento do crepúsculo que costuma ser mais escuro do que a noite alta. Franzi os olhos, mas não consegui enxergar nada. Por fim, ele se deu por satisfeito. Chegamos ao pátio de sua propriedade, apeamos e fomos nos sentar em sua pequena e confortável sala de fumo, junto à grande lareira cujo fogo intenso e vermelho também cuidou de iluminar o ambiente. O velho serviçal encheu o samovar com carvão ardente. Nenhum de nós estava com vontade de falar. Sob o divã, o cão de caça de pelo amarelado gemeu, parecia sonhar. O relógio maciço, cuja caixa de madeira entalhada erguia-se como uma torre do assoalho ao teto, fez seu monótono e sério sermão. Uma traça subiu pelo estofado deteriorado da poltrona em que eu estava sentado e rodeou o samovar sem fazer barulho.

— O que foi isso? — perguntou Manwed de repente.
— Não ouvi nada.
— Mas agora...
De fato, ouvia-se uma leve batida nos vidros da janela, cobertos de cristais de gelo que mais pareciam grandes rendas de Bruxelas.

— Também não está vendo nada desta vez? — perguntou Manwed, sorrindo.

Ele se levantou e se aproximou da janela. Olhei por um bom tempo através dela e, à sua frente, de fato acabei vendo uma mulher branca, iluminada pela lua, trocar um sinal de entendimento com meu amigo. Por fim, ela acenou com a cabeça e se retirou.

— O que isso significa? — perguntei. — Também estou louco ou nós dois sofremos de ilusões de óptica?

Manwed encolheu os ombros.

— Como você vê, já estou totalmente nas garras de Satã — sussurrou. — Essa é uma história que, com certeza, não acontece todos os dias; por isso, eu gostaria de contá-la, mas você não pode achar que estou louco, muito menos que estou lhe narrando um conto de fadas. Não estou me divertindo nem um pouco com isso. Pobre Aniela!

Tomamos chá, ele acendeu um cachimbo para mim, pegou a traça que rondava o samovar e a jogou no fogo vermelho da lareira, que a consumiu no mesmo instante. Em seguida, começou seu relato.

☦

"Era uma bela noite espectral de lua cheia quando cavalguei pela terceira vez até o castelo Tartakov. Eu queria recuperar meu anel a todo custo. Dessa vez, o velho homem corroído pelo tempo esperava por mim no caminho do portão. Acenou gentilmente com a cabeça, pegou meu cavalo e me convidou a entrar para beber alguma coisa.

"Tomei uma taça de vinho velho da Borgonha, que percorreu minhas veias como fogo, e isso foi tudo. Minha mente estava clara, meu coração não palpitava nem um pouco. Eu estava decidido e sem temor. Quando deu meia-noite, o velho me abriu as portas do grande salão e tornou a fechá-las atrás de mim. Não prestei atenção, subi rapidamente a escada e peguei a mão da bela mulher de mármore, com a intenção de tirar dela meu anel, mas ela puxou o dedo para si e esforcei-me em vão para arrancar-lhe a joia.

"Foi uma luta sinistra com a morta fria de pedra, à luz pálida da lua e em meio ao profundo silêncio que reinava. Por fim, abaixei os braços e respirei fundo. Então, seu peito magnífico também suspirou, e seus olhos brancos me olharam com uma dor sobrenatural que me envergonhou e me privou de minha razão. Sem pensar no que estava fazendo, abracei seu belo corpo frio e pressionei meus lábios quentes nos seus, congelados.

"Foi um beijo sem fim, não como se duas almas fluíssem uma na outra, mas sim como se uma força demoníaca sugasse lentamente o sangue de minha vida.

"Fui tomado por um medo inominável, mas não era capaz de me soltar dos lábios mortos, que já pareciam aquecidos pelos meus, e uma suave respiração já movia o peito branco de elfo. De repente, os braços de mármore cingiram minha nuca como uma pesada corrente, e seu peso delicado fez com que eu me ajoelhasse. Ao mesmo tempo, um sorriso encantador se esboçou como um raio de luar em seus olhos brancos.

"A lenda antiga, recorrente em diferentes povos, com diversas variações, e que aqui soa como um acorde básico, aparece claramente pela primeira vez no mundo helênico. No início, Pigmalião, rei de Chipre, odiava todas as mulheres, mas ao esculpir uma bela estátua de marfim, que representava uma moça, apaixonou-se por ela e implorou a Vênus que lhe desse vida. Seu pedido foi atendido, e ele se casou com ela. Em sua obra[12], Ovídio fez de Pigmalião um escultor. Segundo uma lenda italiana, para poder jogar bola sem nenhum impedimento, um jovem nobre de Verona pôs sua aliança de noivado no dedo de uma estátua de Vênus. Mais tarde, quando quis pegá-la de volta, a figura de mármore fechou a mão e, na noite de núpcias, surgiu ameaçadoramente entre ele e sua jovem esposa. O rapaz procurou, então, um necromante, que o mandou comparecer à meia-noite à ilha Sirmione, no Lago de Garda, levando uma carta fechada com sete selos. A senhora Vênus apareceu com seu séquito fantasmagórico. Ele lhe entregou a carta e ela desatou a chorar, mas foi obrigada a devolver-lhe o anel e a desfazer o encanto. No mundo eslavo, a lenda assumiu um caráter demoníaco. A imagem de Vênus, com a qual um jovem se casa graças a uma aliança de noivado, transforma-se em vampira e aparece para ele noite após noite. À medida que a mulher de mármore é reanimada, apaga-se a vida do desafortunado cuja alma é subjugada pelo belo fantasma.

"A figura começou a mover-se suavemente, como árvores que se espreguiçam e respiram aliviadas ao vento da primavera, após despertarem de seu sono rígido. Os pés ensaiaram um passo, e, lentamente, como se estivesse morta de cansada, a estátua desceu do pedestal. Arrebatado por sua beleza, abracei a semidesperta e beijei-a mais uma vez com todo o ardor da vida e da juventude que corria em meus pulsos. Com lábios cansados, ela retribuiu o beijo como se ainda dormisse, esticou com olímpica indolência os membros florescentes e flutuou devagar, como uma sonâmbula, na direção de uma porta, que até então eu não havia notado, acenando com a mão para eu segui-la.

---

12 *Metamorfoses*, X, 243. Philostrat d. vit. Apollon. II. c. 5. (N.A.)

"A porta pareceu abrir-se sozinha, e entramos em um aposento com teto revestido de lambris, papéis de parede muito antigos e móveis de confecção estranha, com encostos e pés dourados. O chão estava coberto com um tapete persa.

"Perto da lareira havia um divã revestido de seda cor vermelho-sangue, como os encontrados em haréns turcos, e diante dele estava estendida uma pele de leão. No ar pesado pairava um odor de mofo e especiarias, como em uma cripta. Nenhuma luz ardia nos grandes candelabros na frente do espelho, mas, do lado de fora, a lua pendia no céu escuro como um farol prateado e iluminava o pequeno quarto por completo. A bela mulher esticou-se no divã e acenou para mim, convidando-me para ir até ela. Ajoelhei-me à sua frente, bafejei e beijei seus pés, suas mãos, sua nuca e seus ombros, até ela me puxar com tímida elegância e prender-se de novo a meus lábios. É impossível descrever a sensação de aquecê-la em meu peito, com a corrente da vida percorrendo-a de tempos em tempos como eletricidade, desde a espinha até a sola dos pés, e como me senti quando ela entreabriu os olhos e piscou para mim de lado, quando seus lábios se moveram e ela começou a falar com uma voz muito estranha e suave, enquanto seu grande olhar pousava de repente em meu coração como um floco de neve. Curiosamente, ela falava francês.

"'Estou com frio', disse ela, 'acenda a lareira.'

"Obedeci e a lenha seca logo flamejou, produzindo um maravilhoso jogo de chamas no aposento, nas figuras desbotadas, nos papéis de parede antigos, no amarelo dos móveis e no corpo da mulher branca, de uma beleza comovente, deitada languidamente no estofado de seda vermelha e emoldurada por exuberantes cachos. A lua trançou rosas brancas no vermelho-sangue do fogo e adornou a silenciosa imagem divina com uma coroa. O vento sibilava na chaminé, a neve tamborilava nos vidros com seus dedos brancos, o caruncho batia nos lambris do teto e um camundongo roía sob o assoalho. E nos beijamos.

"Meu ardor e meu frenesi aqueceram e liberaram por completo seus membros rígidos, divinos e brancos, que arderam como fogo ou uma intensa geada de inverno. Ela respirava com dificuldade, seus lábios contraíram-se em um balbucio confuso de graciosa paixão e me chamuscaram com seus beijos gelados. Senti a agonia de quem arde na fogueira e o martírio de quem morre de frio. Ora era como se chamas furiosas me lambessem dos pés à cabeça, ora a mortalha gelada da neve parecia estender-se sobre mim.

"'Dê-me algo para beber', disse ela de repente.

"'O que você quer tomar?', perguntei.

"'Vinho', respondeu ela, apontando para um sino perto da porta.

"Toquei o sino. Seu som estremeceu assustadoramente o edifício amplo e deserto. Não demorou muito e uma voz, que parecia sair do túmulo, perguntou o que desejávamos.

"'Vinho, ancião', respondi.

"Após um instante, bateram à porta. Quando fui atender, o castelão estava diante dela com uma garrafa ainda coberta pela poeira do porão. Uma bandeja de prata tremia em suas mãos, com duas taças de cristal, que tilintavam ligeiramente uma contra a outra.

"Enchi uma delas com o vinho tinto da Borgonha e a entreguei à mulher. Ela se sentou e sorveu o sangue das uvas com a mesma avidez que tivera com meus beijos. Em seguida, acenou para que eu colocasse a taça de volta em seu lugar, pôs o braço ao redor de minha nuca e sugou meus lábios com firmeza. Fui invadido por uma inexplicável languidez, que parecia tomar minha respiração, minha vida e minha alma. Pensei que fosse morrer. A ideia de estar nas mãos ávidas de sangue de uma mulher vampira passou como uma sombra por minha cabeça, mas era tarde demais; eu tinha me envolvido em seus cachos, minhas mãos revolviam seus cabelos demoníacos e perdi a consciência.

"Quando recobrei os sentidos, vi com extraordinário espanto que não estava nos braços de um vampiro nem de uma estátua, tampouco nos de um demônio morto. Uma mulher viva e bela, plena de viço, cujo mármore maleável era aquecido pelo sangue quente, observava-me com a curiosidade de seus olhos úmidos e demoníacos. O formato delicadamente ovalado de seu rosto pálido brilhava com casta graciosidade; seus cabelos fabulosos, que pareciam ser feitos, ao mesmo tempo, de ouro incandescente e seda macia, reluziam ao seu redor como uma auréola, como a cauda flamejante de um cometa. Uma atmosfera perfumada a envolvia. Ela não usava nenhuma joia, nem sequer um simples bracelete, como os que adornam os braços cinzelados das deusas. Em compensação, seus dentes brilhavam como pérolas enfileiradas na boca de rubi, e seus olhos emitiam uma luz esverdeada como a de uma preciosa esmeralda.

"'Sou bela?', perguntou ela, por fim, com voz fraca e suspirante.

"Eu não conseguia falar. O brilho insólito e impreciso de seus olhos impacientes cortou meu fôlego. Seu olhar ansioso apanhou meu coração com garras de pantera, senti o sangue escorrer, como um ferido de morte. Por um instante, um fogo ameaçador flamejou em seus olhos; depois, sobre esse fogo caiu um véu misterioso, como o que a lua espalha sobre a paisagem.

"'Sou bela?', perguntou ela novamente.

"'Nunca vi uma mulher como você', respondi.

"'Dê-me um espelho', disse ela, então. Tirei o pesado espelho da parede e o coloquei em sua frente, para que ela pudesse observar toda a sua encantadora figura. Ela o fez com sorridente deleite e começou a pentear e arrumar seus cabelos cor de ouro avermelhado com o pente de marfim de seus dedos. Por fim, pareceu saciada por sua beleza e me pediu para pôr o espelho de volta no lugar.

Quando tornei a me colocar devotamente a seus pés e olhei para seu semblante, ela murmurou:

"'Vejo-me em seus olhos', e seus lábios acariciaram minhas pálpebras. 'Venha', ordenou, então, 'vamos renovar o jogo cruelmente doce do amor'.

"'Tenho medo de você e de sua boca vermelha', respondi, hesitante. Ela riu. Foi uma risada atraente, repleta de exuberância graciosa.

"'Ah! Você não me escapa!', exclamou, e com um movimento impetuoso prendeu-me a seus cabelos; depois, rapidamente torceu parte deles em uma corda, que colocou ao redor do meu pescoço e apertou devagar.

"'E se eu estrangular você agora', disse ela, 'e, ao mesmo tempo, sufocá-lo com meus beijos, como Russalka faz com suas vítimas?'

"'Seria uma morte doce.'

"'Você acha? Mas vou deixá-lo viver para minha alegria e seu tormento.'

"Ela foi se inclinando cada vez mais até mim. Sua respiração me percorreu como as brasas do inferno. Com meus lábios, segui as delicadas veias azuladas que cintilavam por toda a sua pele de alabastro e escondi meu semblante quente em seu peito macio como veludo e delicado como flocos de neve. Deixei-me elevar por sua respiração suave como por uma onda, e ela brincou comigo como se eu fosse um boneco. Cobriu meus olhos com a mão, divertiu-se com minhas orelhas e pôs os dedos em meus lábios e minha boca, como se quisesse que eu provasse seu gosto. De fato, era ardente e doce como um sorvete. No instante seguinte, enrolou meus cachos em sua mão e, por fim, revolveu meus cabelos delicadamente com ambas as mãos, mas, ao mesmo tempo, com uma espécie de ira. Com a fúria de uma bacante, puxou-me para si, para seus lábios, que pareciam sedentos no ardor de uma febre seca.

"A onda que me envolvia com brandura transformou-se em uma vaga ameaçadora com a qual lutei como um náufrago. Ao beijar de repente minha orelha, a mulher com poderes mágicos começou a cantar, soar e assobiar como alguém que se afoga. Envolvido por suas tranças faiscantes, achei que estivesse nadando em um oceano de lava incandescente, que finalmente me engolia na vertigem do deleite sobre-humano do amor. Em seus beijos diabólicos, todo o misticismo da paixão se revelou de uma só vez para mim — desejo e medo, prazer e martírio, suspiro, riso e choro — até eu, aturdido, cair novamente de rosto no chão.

"'Você está morto?', perguntou após um instante, e como eu não me movesse, ela pisou de leve em meu semblante com o pequeno pé descalço. No momento seguinte, esticou-se sobre minhas costas, rindo com ar malicioso, como uma domadora sobre o leão que tornou dócil e obediente.

"Não me movi, nem mesmo quando ela se levantou para perambular pelo quarto.

"Quando finalmente abri os olhos, vi o luar, que havia entrado silenciosamente no cômodo, beijar os pés dela e depois, erguendo-se devagar, envolvê-la com seus braços brancos enquanto ela lhe oferecia os lábios de maneira sedutora.

"Fui tomado pela ira e pelo ciúme.

"'O que quer esse libertino pálido?', indaguei. 'Você é minha!'

"'Meu é *você*', riu ela, jogando-se nas almofadas, de modo que seus cabelos se ergueram como uma chama e eu, mais uma vez tomado pela loucura e pelo amor, pressionei meus lábios em seus joelhos e em seu peito arfante e, por fim, apoiei minha cabeça em seu ombro.

"'O que é isso?', perguntei após um instante. 'Não estou ouvindo o coração bater em seu peito?'

"'Não tenho coração', respondeu ela com frieza e mau humor. Seus membros harmoniosos estremeceram como um golpe de vento. 'Mas em você', continuou ela em tom de ironia, 'em você ele bate como louco atrás das costelas, e você também me ama como um tolo!'

"'Como um tolo', repeti mecanicamente.

"Repousamos por um bom tempo, um ao lado do outro, e ouvimos o vento, os flocos brancos revoluteando, o camundongo roendo no assoalho e o caruncho batendo nos velhos lambris.

"Já fazia um bom tempo que não se via a lua cheia, apenas as estrelas ainda piscavam através do véu branco da neve. A primeira luz pálida da manhã se espalhou quando caí no chão pela segunda vez, como um morto. A bela mulher me ergueu lentamente, fez de mim um descanso para seus pés, e sua voz cansada e suspirante soou como uma leve harpa pelo aposento.

"'Você me deu vida da sua vida, alma da sua alma e sangue do seu sangue; despertou em meu peito o doce desejo. Agora, sacie minha ternura.'

"'Você está me matando', suspirei.

"Ela negou com a cabeça.

"'A morte é fria', respondeu, 'e a vida é tão quente. O amor mata, mas desperta para uma nova vida.'

"Trançou os cabelos e bateu em mim com eles, em tom de provocação. Seu pé, que inicialmente havia colocado em minha mão, repousava em minha nuca, e como eu estava deitado com o rosto no chão, ela o passou suavemente por minhas costas, causando-me arrepios como uma corrente elétrica. Mais uma vez tomada por uma fúria divina, ela me virou rapidamente para cima, ajoelhou-se em meu peito e prendeu minhas mãos com suas tranças douradas.

"'Agora você pertence a mim, e ninguém o salvará do meu amor', soprou com respiração entrecortada. Uma luz selvagem acendeu-se em seus olhos, seus lábios agarraram os meus como pinças incandescentes, beijo após beijo, enlevo após enlevo, até o primeiro raio claro e dourado da manhã cair aos nossos pés.

"'Agora quero repousar', disse ela, 'vá e não apareça antes do anoitecer.'

"Deixei o aposento. Encontrei meu cavalo no pátio, o portão estava aberto, nem sinal do velho. Saltei na sela e parti. Mas voltei quando escureceu, noite após noite.

"Ó! Essa mulher é como um labirinto. Quem nele entra, fica encantado, perdido e amaldiçoado!"

☦

Alguns dias depois desse estranho relato, Manwed desapareceu. Ninguém sabia dizer ao certo que fim ele levara.

O senhor Bardossoski estava convencido de que o diabo o tinha carregado. Aniela me confidenciou que a mulher de mármore aparecera em seu sonho, mas de crinolina e com um grande coque, e lhe dissera com um sorriso arrogante, no mais puro francês:

— Ele está morto, suguei a alma de seu corpo e posso voltar a me divertir por algum tempo nesta bela terra.

O cossaco de Manwed garantiu que seu senhor havia cuspido sangue e ido a "Netália" consultar-se com um médico do distrito.

Aniela chorou até os olhos ficarem vermelhos e... acabou ficando com outro. Certo dia, sentada em rígido e nióbico luto em seu pequeno quarto com cortinas de flores brancas, deparou de repente com o senhor Maurizi Konopka e, dessa vez, inexplicavelmente, não se assustou nem um pouco. Ele balbuciou algo que deveria ser um pedido de casamento e mal se distinguia de um poema lírico, e quatro semanas mais tarde estavam ambos diante do altar. A festa de casamento foi muito divertida; eu mesmo dancei nela.

☦

Anos depois, em Paris, revi inesperadamente meu amigo Manwed na grande *Opéra*, quando fui assistir a *Robert le diable*[13]. Eu havia deixado o teatro quando Bertram e Alice ainda lutavam por sua alma. Chamada por um serviçal em traje azul de cossaco, uma carruagem chegou, puxada por dois cavalos pretos selvagens cujos cascos soltavam faíscas. Fiquei parado e vi um distinto casal vir em minha direção.

Era Manwed conduzindo uma dama pelo braço.

Ele estava vestido de preto, pálido como um morto. Olheiras profundas repousavam sob seus olhos, que emitiam um brilho sombrio, e seu cabelo cobria a testa. A dama tinha um porte majestoso. Vi apenas seu nobre e belo perfil e que ela era muito pálida. Cachos cor de ouro avermelhado emolduravam seu pescoço de mármore. Embora estivesse envolvida em um precioso xale, parecia sentir muito frio.

O olhar de Manwed passou por mim como se eu fosse uma coluna ou uma parede morta. Ele não me reconheceu.

Nesse momento, chegou um amigo parisiense, um pintor, que conhece todas as mulheres belas.

— Quem é ela? — perguntei em voz baixa.

— A princesa polonesa Tartakovska — foi a resposta.

No exterior, todas as nossas damas são princesas, sobretudo quando são ricas e belas. Mas agora realmente não sei se, na época, meu amigo Manwed estava louco, se zombou de todos nós ou se havia alguma verdade em sua história.

---

13 *Robert le diable [Roberto o diabo]*, ópera composta por Giacomo Meyerbeer entre 1827 e 1831 para um libreto escrito por Eugène Scribe e Germain Delavigne, inspirado em um conto da Idade Média. (N.T.)

NARRATIVA

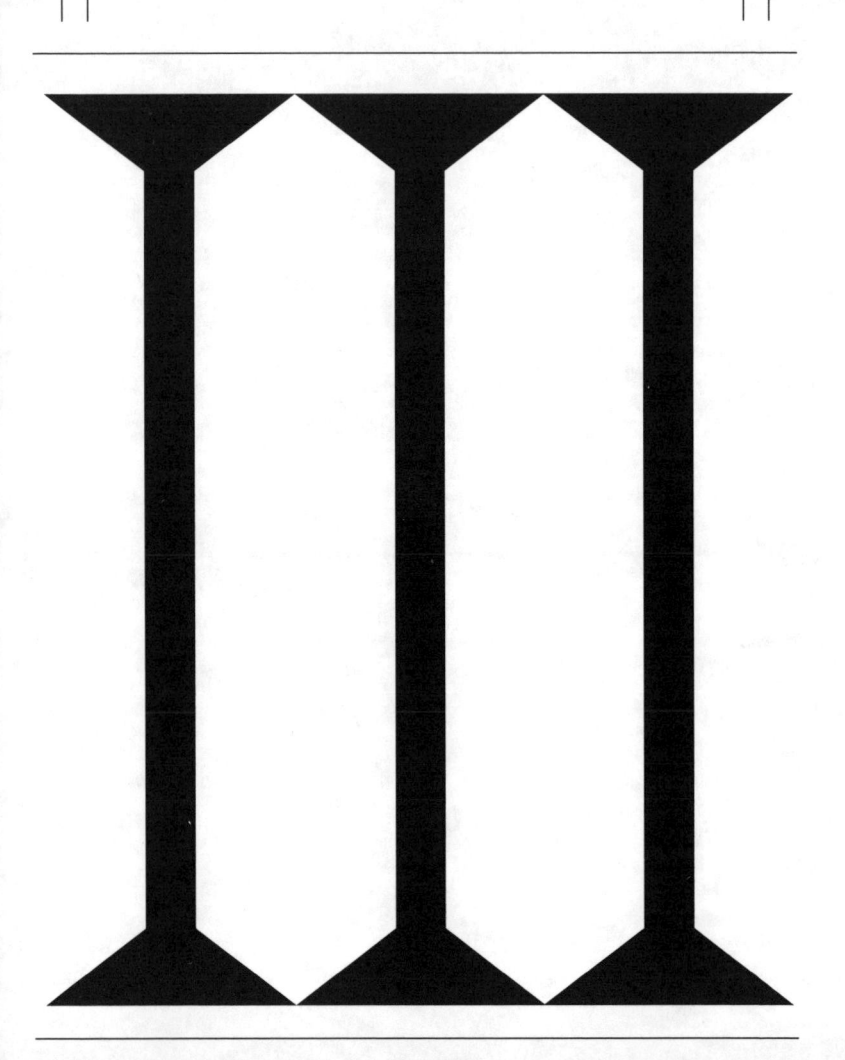

III

ESTÁTUA DE NEVE

DÉLIA/MARIA BORMANN

ERA O CASAL ARTOF UM MODELO DE UNIÃO CONJUGAL; CONFORMIDADE DE CARÁTER, MÚTUA ESTIMA, E UM TOM DE CAMARADAGEM SEM ARRUFOS nem desavenças que lhes dava a aparência de dois irmãos amigos e extremosos.

Ricos e de bom gosto, interessavam-se pelas artes, protegiam o talento, impeliam os fracos e os modestos para a arena da luta, patrocinando-lhes as estrias, contribuindo para lhes criar um nome glorioso; e eram felizes, porque não lidavam com ingratos, contando em cada protegido um eterno afeiçoado.

Recebiam uma vez por semana em seus esplêndidos salões e suas reuniões eram citadas pela boa palestra e excelente música; quanto à sociedade, compunha-se de toda a boemia ilustre e de algumas mulheres de fino espírito, espécie cada vez mais rara e que acabará por desaparecer de todo.

Em uma dessas reuniões, à meia-noite, estavam no toucador Berta Artof, a dona da casa, e a sua maior amiga, Carmem, uma espanhola de trinta anos no fulgor de toda a sua formosura; alta, branca de neve, cabelos e olhos negros e brilhantes, lábios rubros e úmidos, dentes miúdos e deslumbrantes, ombros descaídos, colo cheio, mãos e pés pequenos, graciosa e elegante.

— Que saudades tive de ti durante estes dois longos meses! — disse-lhe Berta.

— Não te devo nada; foste plenamente retribuída!

— Sim, eu creio, porque aqui estás, tendo chegado esta tarde e fatigada da viagem. Como Maurício vai ficar contente! — exclamou Berta, correndo ao tímpano.

Apareceu o próprio marido, que soltou um grito de alegria, abraçando fraternalmente a espanhola.

— Ah! Vocês combinaram esta surpresa, hein? Tanto melhor!

— Sou eu só a culpada! — interrompeu Carmem. — Quis surpreender-te no dia da tua reunião.

— Seria essa amabilidade em minha intenção ou na do amigo sobre quem te escrevi? — inquiriu Maurício com malícia.

— Infelizmente nem mesmo me despertaste curiosidade! Disseste-me que é distinto, instruído e indiferente às mulheres, e julgaste assim impelir-me a humanizá-lo; compreendo e agradeço o teu caridoso intento de fazer reviver o meu coração ou mesmo a imaginação, mas afirmo-te que nada conseguiste. Homens interessantes! Mas o teu salão está cheio deles e até com talento, e, no entanto, são-me todos indiferentes.

— Ah! Esses são filhos do século, têm ambição, orgulho, vaidade, sede de triunfo, amam-se muito a si próprios e dispõem de pouco tempo para se dedicarem a uma mulher; porém o meu herói é de outra têmpera e sofre.

— Nesse caso inspirar-me-á a compaixão que me infundem todos os infortúnios — disse a moça.

— Não haverá, então, algum Pigmaleão que te reanime, bela estátua? — inquiriu Berta a sorrir.

— Creio que não!

— Ora, é que ainda não chegou o momento psicológico! Dêmos tempo ao tempo! — ponderou Maurício.

— Tudo isso tem assim uns ares de romance. Carmem não sente a mínima curiosidade de conhecer Ivan; ele fica indiferente e apenas sorri para comprazer ao ouvir-nos gabá-la. Olha, Maurício, talvez ainda venham a adorar-se! — disse Berta.

— O que eu muito estimaria — acrescentou o marido.

— Amém! — concluiu a espanhola, rindo.

No salão correram todos os conhecidos ao encontro de Carmem. Felicitaram-na, contaram-lhe as novidades do dia, disputaram-lhe a atenção, tendo ela um sorriso e uma palavra amável para cada um deles.

Acharam-na muito bela, desejariam captar-lhe as boas graças, porém não mais lhe faziam declarações amorosas por sabê-las inúteis, alcunhando-a, por despeito, a estátua de neve.

Um jovem maestro, no entusiasmo do primeiro triunfo, pediu-lhe que cantasse algum trecho de sua ópera, a fim de satisfazer-se a si próprio e a curiosidade de vários estrangeiros ali presentes.

— Devo prevenir-lhes de que darei bem pálida ideia das belezas da partitura, pois acabo de chegar de uma viagem e sinto-me fatigada — disse ela jovialmente.

Sentou-se ao piano e, depois de alguns prelúdios, cantou com a voz fresca, sonora e educada diversos pedaços de grande efeito, escolhendo os melhores, dando-lhes realce, esquecida do cansaço, adorável de complacência e extasiando o auditório.

Quando só ficaram os íntimos, apresentou-a Maurício ao seu decantado amigo, com quem ela simpatizou; era alto, louro, olhos azuis, ora tristes, ora perdidos no vácuo, nariz aquilino, boca rasgada, belos dentes, barba curta e sedosa, mãos brancas e moles, vinte e cinco anos e um todo efeminado.

Fitando nos seus os grandes olhos negros, ela causou-lhe uma impressão de audácia mui desagradável, que diminuiu à medida que a via falar e mover-se com a maior naturalidade, esquecida de que ele ali estava. Relatava Carmem o que fizera durante a sua residência de dois meses em uma cidade de águas, analisando o que vira e ouvira com fina mordacidade.

Durante a ceia admirou-se Ivan do seu maravilhoso apetite, quando em geral as mulheres comem ou fingem comer pouco, julgando tornarem-se poéticas e ideais. À proporção que saboreava as iguarias e os vinhos prediletos, titilavam-lhe as róseas narinas, umedeciam-se-lhe os olhos e expandia-se-lhe o semblante em uma expressão de ardente volúpia que a tornava arrebatadora.

Com o tempo, tratando-a, vendo-lhe a despreocupação de agradar-lhe, tornou-se Ivan seu camarada, perdendo para com ela a desconfiança que o afastava das demais mulheres; essa não seria perigosa nem importuna, porquanto era um ser à parte e bem merecia a alcunha de estátua de neve.

Pouco a pouco se estabeleceu grande intimidade entre ambos, conversavam horas e horas e, de manso, chegaram até a confidências. Concluíram por compreender que sofriam enfermidades opostas: ele não querendo amar, ela tendo amado em demasia.

Uma feita, disse-lhe Ivan pálido e fremente:

— Amei uma só vez em minha vida e será a última. Quando um homem tem a desventura de afeiçoar-se a uma criatura indigna e reconhece o seu erro, deve arrancar do peito o amor juntamente com o coração e calcá-lo aos pés!... Foi o que eu fiz!...

— Há quanto tempo?

— Há três anos.

— E tens certeza de que se extinguiu de todo esse afeto? Acho-o ainda tão exaltado!

— Oh! Absoluta certeza! Vi-a, não há muito, pelo braço do quarto ou quinto amante, e nenhuma fibra se me agitou! — respondeu ele sorrindo.

— Que triste reverso têm todos esses amores... Confundirem dois entes as suas impressões, hábitos, tendências, alegrias e tristezas, experimentarem as mesmas sensações, os mesmos transportes, em que por assim dizer se amoldam, adquirindo os defeitos e as qualidades um do outro, para de repente separarem-se, tornando-se inteiramente estranhos! — disse Carmem pesarosa.

— Desses males estou eu livre. Durmo e acordo com a mesma isenção de ânimo, sempre pronto para todas as eventualidades, porque não tenho no coração o amor que acobarda — disse Ivan triunfante.

— Julga-se feliz?... Pois eu não o invejo. O senhor nunca amou, creia. A falta dessa mulher, que o traiu, feriu apenas o seu orgulho. Se a tivesse amado, sentiria ao menos saudades do tempo em que a julgava fiel e amorosa, e até das dores que ela lhe causou!... Diga-me, seu rival era-lhe inferior?

— Não, éramos iguais.

— Ah! Sempre o mesmo orgulho ridículo em todos eles, até nos melhores! O que lhes dói não é a infidelidade em si mesma, mas somente a preferência concedida a um outro! — bradou Carmem, revoltada.

— Não seja tão severa comigo! No primeiro momento só sentia o orgulho ofendido, é certo, porém depois sofri muito! — acrescentou o moço gravemente.

— Bem, essa confissão reconcilia-me consigo. Olha, eu sou altiva, porque entendo que a altivez [...][1] é dignidade, mas não me vexo de dizer-lhe que tive momentos de humildade em que me ajoelhei submissa aos pés de entes que valiam talvez menos do que a mulher que o atraiçoou, Ivan, mas então eu os amava [...].

— A senhora? A estátua de neve?!

— Sim, eu! [...] feliz, sentindo-me preservada do mal de amor, não é verdade.

— É o que eu lhe ia dizer!

— Pois se engana. Disponho atualmente dessa isenção de ânimo de que o senhor tanto se orgulha. Voltei a ser valorosa, estou sempre de humor uniforme, visto não ter nem os receios, nem os ciúmes, nem as apreensões das mulheres amantes; vivo, enfim, nessa calmaria podre, que é o ideal dos que curtem as angústias da paixão, e não me sinto feliz. Ah! É que não se foge impunemente às leis naturais da fisiologia e da psicologia, e eu sou um triste resultado desse desequilíbrio! O que daria eu para amar uma vez ainda, embora um ente miserável!... Se o amor é para a mulher o mesmo que o rocio é para a flor! — acrescentou em voz dorida.

— À vista disso sinto-me duplamente feliz em ser homem! — disse Ivan orgulhoso.

‡

---

1   Segundo Norma Telles, em nota à sua edição de *Estátua de neve*: "Palavra ilegível no original". O mesmo em outros trechos assinalados com três pontos entre colchetes. Conferir: BORMANN, M.B.C. *Estátua de neve*. Introdução, atualização do texto e notas de Norma Telles, 2012. Disponível em: https://literaturabrasileira.ufsc.br/documentos/?action=download&id=38552. Acesso em: 3 jul. 2023. (N.E.)

— Insensato!... É então a felicidade que lhe entristece o olhar, que lhe roubou a alegria da juventude, tornando-o misantropo na idade dos sonhos e das aspirações? Criança, o seu mal é justamente a ausência desse amor que tanto renega, e que um dia o fará reviver para padecer e apegar-se à vida! Ame, abra o seu coração a essa emanação celeste que eleva e engrandece a criatura; embora o dilacerem milhares de torturas!

— Não! Não quero amar!... Pois se eu nem tenho no espírito esse ideal de mulher perfeita que todo o moço cria e afaga!

— Sem nunca realizá-lo, o que dispensa do trabalho de engendrá-lo. Perfeita ou defeituosa, o senhor aceitará aquela que o destino lhe apresentar, porque o seu afeto emprestará à pobre criatura todos os atributos que ela não tiver. Creia que só deve arrecear-se dos tristes reversos de tão grandioso sentimento.

— Julguei que tamanha sublimidade não tivesse reverso! — redarguiu Ivan, afetuosamente irônico.

— Não zombe! Essa sublimidade não só tem medonhos reversos, como até pasmosas anomalias. Ouça-me! Depois que a minha alma perdeu a faculdade de amar, analiso-me, censuro-me e até condeno-me, o que é de uma alta filosofia. Outrora, a minha única ambição, o meu maior anelo foi sempre o amor exclusivo, soberano e absorvente; pois bem, a fim de alcançá-lo, mudei de afetos, dando eu mesma o exemplo da volubilidade e incriminando outros dos meus próprios defeitos, e tudo isso de boa-fé! É ou não uma anomalia?

— Oh! Mas é horrível!... E a senhora não só me prognostica, como me aconselha o amor! Não! Não quero padecer nem cair nessas inconcebíveis contradições! Se algum dia sentir o despertar de semelhante delírio, fugirei, mas não cederei ao seu império!

— Pobre criança! — disse Carmem, sorrindo-lhe com afetuosa comiseração.

Daí a meses enfastiava-se Ivan em toda a parte onde não via a sua adorável contendora. Longe dela as horas se arrastavam; a seu lado perdia a noção do tempo, não mais se lembrava de contradizê-la, e achava que as suas palavras ecoavam-lhe n'alma, despertando-lhe sensações estranhas que o conturbavam e enlanguesciam.

Só, no silêncio de seu quarto, tentava explicar a si próprio a mudança que se operava em todo o seu ser, atribuindo todo aquele delicioso alvoroço unicamente à influência das ideias de Carmem, da sua palavra ardente e insinuante e da amistosa camaradagem existente entre ambos.

Um fato insignificante, porém, esclareceu-lhe a razão e fez-lhe compreender que a amava apaixonadamente e que esse amor se lhe infiltrava n'alma de manso, sem que o pressentisse, crescendo dia a dia, absorvendo-o de todo e para sempre. Foi um assombro que o paralisou de primeiro momento e o enraiveceu depois, ao sentir-se vencido e subjugado; ele, que se julgara invulnerável.

Carmem enfastiara-se de repente de Paris e voltara ao campo, sem prevenir os Artof, de modo que Ivan não a encontrara à hora da costumada palestra; esperou-a inquieto e aborrecido até muito tarde, tornando-se sombrio e alheio a tudo e a todos, o que muito agradou ao Maurício e à mulher.

No dia seguinte soube que a moça partira sem dizer para onde e só então, pela angústia que o pungia, compreendeu, enfim, que a amava e quanto lhe era cara e necessária. Tornou-se homem, sofreu imenso e chorou, pagando esse doce e precioso tributo das lágrimas.

Duas semanas depois, voltou Carmem e encontrou-o à porta de sua casa, pálido, abatido, com o olhar de alucinado, nesse período de exaltação em que se perde a noção de todas as conveniências sociais. Em um relance adivinhou a moça o que ele experimentava e, para prevenir uma indiscrição diante dos criados, disse-lhe, afetuosamente:

— Agradeço-lhe, meu bom Ivan, a sua atenção em vir ao meu encontro. Subamos e conversemos um pouco; quero saber notícias de todos os nossos amigos.

Atônito, seguiu-a ele, trôpego, sem ideias, parecia-lhe que aquela escada não acabaria nunca. Ao ficarem a sós, caiu sobre o divã, rompendo em soluços.

Surpresa e consternada, acercou-se dele Carmem e tomou-lhe a mão, dizendo:

— O que é isso, Ivan? Acalme-se!

Descobrindo o rosto orvalhado pelo pranto, exclamou:

— O que é?! É o amor! Esse maldito e decantado amor que a senhora tanto me vaticinou! Realizou-se a profecia, creia, e agora, o que me aconselha?

— Meu Deus! Receio compreender! — balbuciou ela, angustiada.

— Ah! Receia? Pois saiba que a amo como um louco, que esse amor é a minha vida e que sem ele morrerei! Saiba que esse amor penetrou sorrateiramente em minha alma sem que dele me apercebesse! Foi essa ausência cruel e brusca que me desvendou a verdade inteira, ofuscando-me e transtornando toda a minha existência! Ah! Carmem! Sou bem insensato em ousar confessar-lhe o meu afeto, não é exato?

— Não, meu amigo, a insensata fui eu. Esqueci-me de que ainda não estou bastante velha para aproximar-me sem perigo de um rapaz da sua idade e para falar-lhe sobre assuntos melindrosos. Asseguro-lhe, porém, de que a intenção era boa e, por isso, perdoe-me.

— Nada tenho a perdoar-lhe e, já que o meu destino é amar, prefiro amar a senhora do que outra qualquer, Carmem, pois é a mais bela e a mais digna de adoração. Só lhe peço em troca um pouco de afeto, e julgo que não mo negará! — pediu, aflito.

Mais pálida do que ele, mais infeliz ainda, apertou-lhe a mão que conservava entre as suas e disse-lhe, pausadamente:

— Prezo-o muito, Ivan, e procurarei compensá-lo do melhor modo; mas me deixe descansar e refletir, pois estava muito longe de prever semelhante eventualidade. Vá, não se aflija, acalme-se, e só volte quando eu o mandar chamar.

— E até esse momento não a verei?

Depois de hesitar um pouco, respondeu a sorrir:

— Bem, encontrar-nos-emos em casa de Maurício, mas não falaremos sobre este assunto, sim?

— Obedecerei, embora me custe! — replicou ele, beijando-lhe a mão e retirando-se.

Cumpriu o que prometera; encontrou-se todas as noites com o moço, acalentou-lhe as impaciências de conhecer a sua determinação e, no oitavo encontro, ao despedir-se, disse-lhe:

— Amanhã não virei aqui, porém, depois de amanhã, saberá a minha decisão.

No dia marcado, achavam-se reunidos e palpitantes de ansiedade, à espera da espanhola, Berta, Maurício e Ivan; à tarde, recebeu o apaixonado a seguinte carta:

Ivan —

Fiz tudo quanto de mim dependia para corresponder ao seu amor, que é o afeto de um homem de bem, mas o meu coração conservou-se mudo e insensível.

Sinto-me capaz de querê-lo como uma irmã, uma amiga dedicada, quase como mãe, porém não são esses os transportes que você deseja e que tem o direito de reclamar. O que me consola do pesar de não poder realizar a sua aspiração é o meu triste conhecimento da instabilidade humana. Minha pobre criança, lembra-se daqueles tristes reversos de que tanto lhe falei? Ao menos o seu amor não conhecerá esse desolador contraste! Como seria horrível, Ivan, deixar você de amar-me para odiar-me ou para aborrecer-me, o que é muito pior!... Não, assim, o seu afeto permanecerá sempre na mesma fase, não aterá amanhã, nem ontem, nem satisfação, nem saciedade!... Mais tarde, você agradecerá este meu aparente egoísmo de hoje; importa em um

tormento, é certo, mas são esses dissabores da juventude que operam as salutares evoluções morais. Reaja, procure suplantar o desgosto; há tanto objetivo para a ambição e para a vaidade de um homem! Nada perdeu em não conquistar o meu coração, que está gasto e que, por conseguinte, nada vale. Um dia, fatigado e enfastiado como eu, você também torturará um nobre coração cheio de dons e de sensibilidade, e não será por isso nem pior nem melhor do que eu e do que tantos outros — pois se é esta a lei da vida. Ah! Eu bem lhe dizia que das nossas duas enfermidades, só a minha era a incurável — não mais poder amar!... Vou para muito longe, não me verá durante anos e a cura se fará, pois a ausência é a maior inimiga do amor, e o tempo fará o resto. Adeus, amaldiçoa-me se isso puder aliviar-lhe as torturas e creia que nunca teve nem terá melhor amiga do que a sua afeiçoada,
— Carmem.

Ivan caiu como fulminado. Berta e Maurício ficaram consternadíssimos. A solicitude de ambos auxiliou a robustez do moço, que, aos poucos, recuperou a saúde e, provavelmente, mais tarde, compreendeu que a bela espanhola tinha razão.

Délia[2]

NOVEMBRO DE 1890.
PUBLICADO EM *O PAIZ*, EM 14 E 15 DE DEZEMBRO DE 1890.

---

2   Esta edição se inspira na atualização do texto, notas e apresentação realizadas pela historiadora Norma Telles, disponíveis *on-line* em: https://www.normatelles.com.br/délia. À autora da atualização do texto, nossas felicitações pelo notável trabalho de pesquisa. (N.E.)

Dados Internacionais de Catalogação na Publicação (CIP)
(Câmara Brasileira do Livro, SP, Brasil)

Fantásticas: volume I: antologia / Théophile Gautier, Leopold von Sacher-Masoch, Maria Benedita Câmara de Bormann; tradução Karina Janini, Régis Mikail. -- São Paulo : Ercolano, 2024.

ISBN 978-65-999725-8-4

1. Contos - Coletâneas - Literatura 2. Feminino
I. Gautier, Théophile. II. Sacher-Masoch, Leopold von. III. Bormann, Maria Benedita Câmara de.

24-189664 CDD-809.83

Índices para catálogo sistemático:
1. Antologia: Contos: Literatura 809.83
Eliane de Freitas Leite - Bibliotecária - CRB 8/8415

ERCOLANO

Editora Ercolano Ltda.
www.ercolano.com.br
Instagram: @ercolanoeditora
Facebook: @Ercolanoeditora

Este livro foi editado em 2024 na cidade de São Paulo pela Editora Ercolano, com as famílias tipográficas Bradford LL e Wremena, em papel Pólen Bold 90g/m² na Gráfica Geográfica.